愛投資・愛自己 3

Earn Money, Be Happy!

# 我不是投資者

# 我是炒家！

早在 2007 及 2010 年自己分別撰寫了《愛投資 ‧ 愛自己》及《愛投資 ‧ 愛自己 2》兩本書籍，當年的自己其實也算不上是專家，不過就真的十分熱愛交易。事隔十多年再撰寫新書，自己也感觸良多，回想自己由少女變中女的過程雖然漫長，但每天始終仍然與股市在打交道，學懂的也越來越多。

在股場上，很多人總認為女士們的炒股知識會較少，可能一般女性最愛的都是扮靚、減肥、逛街、購物，真正有留意股市的不算太多，那才讓很多人有這個錯覺。但其實身邊有不少女性對股市的認識也有不少，定期自己也會與姐妹們研究一下心得。

本書寫了很多的交易策略，有些策略不一定是筆者自己想出來，而是一眾姐妹們在交易時分享結果。例如《成枝 Bar 飛出去的 Bollinger's Band 形態 》、《用八個字母就可以即市短炒期指》、《黃金比率點用最好最合理》、《陰陽燭其實看兩支燭就已可炒得好》等，這些都是我們自己真實在實戰中的心得，是多年來自己贏過又輸過的經驗綜合出來的方法。

其實交易策略不一定要很複雜，好用的方法一直沿用便可以，累積經驗後，簡單的方法也可以成為你的必殺技。

另外，很感謝師傅麥振威先生，其實要用中文寫這書真的不容易，自己的中文文筆真的不算太好，多年來除了跟師傅學了很多交易方法以及學懂程式交易外，原來中文能力也要跟師傅學習一下。撰寫這書時很多的初稿其實都「狗屁不通」，師傅用了很多的時間把我的初稿再重新整理，這本書最後才能順利出版，再次在此對他表示感謝。

還有感謝一直給我鼓勵的 Rachel，由最初只懂認購新股，到開始炒牛熊、炒期貨，再到近年轉戰美股，你都二話不說給我很多的支持和鼓勵，沒有妳的鼓勵這書不可能真正完成。

**譚美利**

## Chapter ONE
# 學習的心得

學習技術分析的經驗 8
先學習不同的市場 11
在 VCP 形態中學到的東西 15
2014 年 BBC 紀錄片《Traders: Millions by the Minute》 20

## Chapter TWO
# 指標的應用

最先學又最好用的指標 MACD（一） 26
最先學又最好用的指標 MACD（二） 34
成枝 Bar 飛出去的 Bollinger's Band 形態 42
收窄又收窄的 Bollinger's Band 形態 52
ATR 是甚麼 58
ATR 可以是即市短炒期指的好用指標 63
平均線其實很好用（一） 77
平均線其實很好用（二） 84
Relative Vigor Index (RVI) 其實好用過 RSI 91
Aroon 指標選股 100
簡單就是最好的方法學懂用星期五法則 110

## Chapter THREE
## 陰陽燭及形態的應用


自創的三底及三頂用法 118
見到 V 形就差不多賺九成 123
要以小博大就要用三角旗 131
陰陽燭其實看兩枝燭就已可炒得好 139
影線是最實用的陰陽燭資訊 149
利用形態中的形態準確程度會更高 155
自創的陰陽燭形態買跌買升都有效 162
最不想入市的形態其實才最有用 170
用八個字母就可以即市短炒期指 180
黃金比率怎樣使用最好最合理 189


## Chapter FOUR
## 期指短炒心得


炒期指時應該如何利用上日高位 200
Daytrade 就要學懂 期指價格深度分析（一） 206
Daytrade 就要學懂 期指價格深度分析（二） 214
留意期指每半小時成交張數變化 220
平均線是 Daytrader 的救命工具 226
用恆指反向 ETF 代替期指 入場費只幾百元 231
附錄：測試一下你的炒賣天份 應多看甚麼書改進 240

# Chapter ONE
# 學習的心得

愛投資・愛自己
Earn Money, Be Happy!

# 學習技術分析的經驗

女人炒股，若沒有正職的就會被叫做「師奶」，有正職的又會被視為業餘，但其實女人夠細心，很多時可以發現很多男人發現不了的事情。就好像學習技術分析，那些陰陽燭、頭肩底、雙底、RSI、MACD 等根本就沒有正式的答案，沒有所謂怎樣用就一定正確、一定是最好。所以很多人都說技術分析易學難精。

最初踏入股場，筆者只是炒新股，應該是只「抽」新股，當看到不斷有股份超額認購，其實分析一下，業務不太差的公司都能賺錢。新股潮下就是個個都能賺，分析能力不是重點。

新股潮過去，但想繼續在股市「搵食」，於是學習很多交易技巧。技術分析看似最易學，幾個指標加在一起已可以看似是一個穩賺的策略，學習時會覺得既新鮮又刺激，因為初看圖表及技術指標的人總會有一個感覺，原來分析股市走勢便是這麼容易。新手常看到別人在觀察圖表走勢，在他正式學習技術分析前，根本不知道別人在做甚麼，到他學習後便會以為，原來這些所謂高手使用的方法是這樣簡單，自己一學就會，也立即躋身高手的行列。但真實落場時才會知道，贏錢那有這樣容易。

筆者跟過不同的師傅，最重要是交過不少學費，現在學習到的都是實戰中得來的經驗，不同的人在觀察圖表的時候，用的方法可能完全不同，不要以為你懂得最基本的東西後便等於懂得了賺錢的法門。

師傅曾說，技術分析在 70 及 80 年代其實可以說很有效，但隨著科技的進步，越來越多人去應用，傳統的分析方法就逐漸失效。特別是在 2000 年後，網上買賣股票開始逐漸流行，而傳統的技術分析方法也在這個時候開始威力大幅度地減弱。到了近年，人人手上都有一部智能手機，能讓不在家中或不在辦公室裡的人更容易在互聯網尋找資訊，傳統的分析方法到了這個階段，作用進一步下降。

但筆者可以肯定的告訴你，現在的技術分析不是沒有用，而是各有各的獨家用法，所謂獨家用法當然要配合嚴格的資金管理方法。

這本書便是分享一些個人的實戰經驗，或許對你來說未必是最好的方法，因為這是筆者在實戰中得來的經驗，對何時應止賺止蝕有深刻的理解，犯過錯就會特別提醒自己，但別人去用又可能效果會不同，若你有研究過技術分析應該也明白這個問題。

不過，別人的經驗卻很有可能大大改進你的策略，當加入不同人的意見，你對市場的了解會更加多，或許把一些細節加在你個人的交易策略上，便剛好彌補了你的交易策略的缺憾，這也是筆者最希望做到的事情。

# 先學習不同的市場

學炒股，小妹最初最崇拜的就是《超級績效》的作者 Mark Minervini，初次看到他的相片時，第一個感覺是他在股票炒家中算是「靚仔」。但在網上搜尋一下，原來他的背景十分厲害。在全美投資大賽中拿到冠軍，取得 155% 的年度收益，並曾經有過 5 年年化收益率達 220% 的交易紀錄。最特別的是他 15 歲便輟學，在股市所擁有的一切知識，都來自交易實戰。

他最出名的就發明了用「VCP 形態」選股，雖然只有 50% 的命中率，但獲利時的幅度能比虧損的幅度更大，他也因而利用這套選股方法致富。

不過，最大的問題是他炒的是美股。最初學習時筆者就已經發現，他用的 VCP 形態好像用在美股之上，會與用在港股之上不同，有時候總是感覺用在美股時較準確，然後就是因為這個原因開始學習美股。

本來筆者對美股一點興趣也沒有，日間要上班，放工要與姐妹吃飯，若果晚上還要炒美股，就會少了很多私人時間。但最後的結果是，寧願放棄更多的時間都要學美股！原因就是發現──同一樣的技術分析方法，可能在港股上不可行，但用在美股上卻突然變得很有用。

這個是筆者在學習技術分析時最大的發現之一。在初學習時總是會想，技術指標不就是兩條線突破，又或者是背馳，那用在甚麼市場、甚麼股票之上也應該是一樣的。但當你細心發現，你懂得越多的市場，越會留意到市場與市場之間其實有很多細微的分別。

可能你有一個背馳的策略，用在期指之上經常輸錢，改用在美國的期指之上也不見得很有用，但用在股票之上便突然發覺是一個神奇的方法。原因就是美股能買升也能買跌，而股票因為沒有槓桿，令你背馳的策略在「捱價」時能守得更穩，例如在高位沽空，即使股價上升得很快，但股票的上升幅度一定比期指少，沒有槓桿賬面就不會輸大，沒有輸大就不會心急平倉，然後等到走勢逆轉便可以獲利。

筆者第一個發現兩個市場的不同其實是在阿里巴巴（09988）及 Amazon（US:AMZN）之上。曾在阿里巴巴身上賺過幾次錢，看美股時就自然會看一下 Amazon，因為兩者也做電商，也有雲業務，但若用技術分析去分析這兩隻股份的入市時間時就有很大不同。

只用一些簡單的方法，例如 MACD 的 Histogram 升穿了零線後，最初就會當作是一個買入訊號，不過這個方法用在阿里巴巴之上效果就真的「麻麻」，但用在 Amazon 之上就明顯好得多。雖然也不是百發百中，但這個簡單的方法已可看到，技術分析用在不同的市場，效果真的會不同。

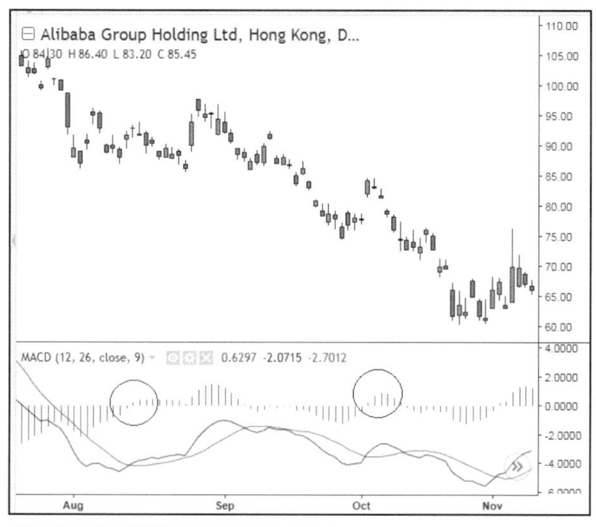
Alibaba Group Holding Ltd, Hong Kong, D...
O 84.30 H 86.40 L 83.20 C 85.45
MACD (12, 26, close, 9) 0.6297 -2.0715 -2.7012
Aug
Sep
Oct
Nov

Amazon.com Inc, United States, D, NASDAQ
O 111.09 H 112.28 L 110.77 C 111.23
MACD (12, 26, close, 9) 0.7197 2.3660 1.6463
Dec
2023
Feb
Mar
Apr

要成功練成你自己的技術分析策略，第一步是要了解不同的市場。不要抗拒去了解其他市場，美股、港股、期貨、期權、債券、ETF 等你都要懂，產品的特性要懂，市場的規則及特性也要理解。同樣的策略用在這裡失效，但在其他地方可以是「寶物」，這是筆者最真實的經驗。

先不要去想自己有沒有時間去炒，研究到能贏的方法自然會懂得去安排，有信心去賺錢就一定能抽出時間。但無論甚麼市場的你都懂，能找到贏錢方法的機會才會增加。

# 在 VCP 形態中學到的東西

《超級績效》作者 Mark Minervini 的選股策略，其實近年真的越來越多人去模仿。他發明的「VCP 形態」就只有五成的命中率，即係炒十次有機會輸五次，對很多炒家來說是較難接受，因為他們總是這樣想：學習技術分析就是要七成中、八成中，然後輸少少就止蝕，只要有七成中或八成中就一定能賺錢。

Mark Minervini 贏得全美投資大賽冠軍就是只靠炒股，這裡強調的是「股」，因為其他對手其實是在炒期指或 Option，可以有槓桿，但 Mark Minervini 單靠炒股就能贏過所有人，這是筆者最欣賞他的一點。

首先，在這個比賽中你能看到他無論面對任何壓力都堅持自己的策略，這明顯對自己的策略很有信心的人才能做到。在比賽壓力下，他沒有想過用少量資金交易期貨或 Option 增加回報，以提高贏得比賽的機會，整個過程只是專注於用自己的一套方法贏錢，而且他用的方法更只有五成機會能賺錢。

有一句很老套的說話：「獲利時的幅度必定要比虧損時的幅度大。」這句話 Mark Minervini 就有講過，筆者也聽過很多人說過，但就是很少人真正做得到。要做到這一點，學習甚麼技術分析方法都不是重點，重點是要訓練自己有紀律，這樣才是最困難的。若做不到，那要在市場上賺錢基本上用甚麼方法也很困難。

其實Mark Minervini也有告訴大家要做到「獲利時的幅度必定要比虧損時的幅度大」的竅門。他認為市場上有分為「正確」與「錯誤」的入市時間，要賺錢便要懂得找出正確的入市時間。走勢強勁的股票在價格飆升之前確實能被識別出來的，一個炒家只要不斷進行正確的交易，以少量資本在短時間內致富是可能的。

Mark Minervini認為選股時，首先要選趨勢在上升的公司，這代表資金持續流入，股票的走勢一般可分成四個階段，築底、拉升、出貨、回落，投資者應只選擇在第二個階段才考慮買入。

不過，處於第二階段的股票可能有不少，要從中篩選出暴升股便要分析基本面，而首要考慮的基本面因素便是公司的淨利潤。但交易時，還要看淨利潤披露的時間，假設市場一直對一家公司的估值預測維持不變，這段時間裡若能公布超出市場預期的淨利潤增幅，股價便很大機會「爆上」。這種超預期，若然是淨利潤、營業、利潤率也同步大幅提升便更佳，而且在分析時要考慮利潤的可持續性。

但這樣的公司未必會太多，可遇不可求。Mark Minervini認為一些一直不獲市場看好的企業，若突然公布優於市場預測的財務數據，如單季度轉虧為盈，或虧損收窄，也可被納入考慮吸納之列。

要選出一些優質的股票並不困難，不少投資者在入市時都太衝動，或許選擇的股票是不錯的，只是入市時間卻是錯誤的。特別是那些經常想著要「撈底」的投資者，買入時間更有可能令虧損十分嚴重。要贏錢只有在「特定時間」買入，潛在回報才會明顯較風險為高。

所謂的「特定持間」是指股票走勢出現「VCP 形態」，這種形態是由 Mark Minervini 本人發明的選股模式，他認為即使股票的基本因素良好，也不會一直在上升，必會有回調的時間。由於這些優質股份的股價往往在財務數據披露之前，就已有一定程度的升幅，其後會出現整固，這段時間投資者會看到價格波動逐漸收窄，同時伴隨著成交量明顯收縮，形態上會出現一個類似「杯柄型」的走勢，但這不代表升勢已完結，反而是一個買入機會。

Mark Minervini 的交易成績一直以來都並不是贏多輸少，沒有出現十次交易中有七至八次賺錢的紀錄。在 1994 至 2000 年間，Mark Minervini 的連續複利報酬率雖高達 33,500%，但其實只有 50% 獲利率，重點是入市時間正確令他每次都有很高的回報。

另外，Mark Minervini 又曾指出，雖然不少人認為，大戶在市場上會有很大的優勢，作為個人投資者在這個被「操控」的市場根本賺不到錢，但他認為根本沒有這回事。實際上個人投資者比大型對沖基金經理更容易賺錢，因為對沖基金需要很大的市場流動性，但散戶沒有這個需要，而且交易速度更快。大型機構投資者可以比喻為正在駕駛大遊輪，而散戶則是在駕駛快艇，後者的機動性更強。而且現在市場上的交易費用十分便宜，取得資訊也比當年更加容易及方便，散戶即使以很小的資本也有可能透過交易股票致富。

至於如何選擇上升中股票的最佳入市形態，師傅「教落」未必只有 VCP 才「行得通」，也可以用其他的方法。「VCP 形態」及 Mark Minervini 的故事告訴我，只有五成中的策略不一定是不好的策略，重點是方法能否讓你在股價準備發力前識別出來，這樣潛在回報才會夠高。

筆者曾在網上不斷尋找，看看有沒有指標可以替代 VCP 形態去選出一些即將大升的股份，大家都會用的 RSI、MACD、STC 等當然試過，較少人用的如 Chaikin Oscillator、Coppock Curve、Detrended Price Oscillator、Fisher Transform 等都試過。這個尋找「絕世指標」的過程相信大家也經歷過，最後也會發現根本就沒有「絕世指標」！只是同一個指標大家用的方法會不同，最後要看誰用得好、用得熟，最重要是用得有紀律。

在這個尋找「絕世指標」的過程中，對不同的指標及交易策略做了不少研究，最重要的是在市場上交過不少學費。對於用法上可以接近 VCP 形態，能捕捉股價即將大升的時間的方法，筆者曾用過用 Aroon 指標的方法去選股及找出買入時機，而且效果算是不俗，有關用法在本書「Aroon 指標選股」一篇中有講解。

除了以上的選股方法，筆者有不少自創的技術分析應用及心得，也全紀錄在本書的內容中。可以說「VCP 形態」及 Mark Minervini 真的啟發了很多，而且學懂了不沉迷別人所謂七成中的方法，堅持自己觀察得來的結果，堅信自己累積的經驗，才是最有效。

# 2014 年 BBC 紀錄片
## 《Traders: Millions by the Minute》

自己一直認為技術分析不一定只是包括技術指標及形態等，有些經驗也可以算是技術分析的一種，例如逢星期五看到一些市場走勢，多年來很多場內交易員也會立即入市，即使明知道其後兩日的假期可能有其他影響市況的消息出現，但這些交易員仍會堅持入市，因為經驗告訴他們這是「贏面」很高的機會，不能錯過。

但究竟這些入市「訊號」算是基本分析，還是技術分析？其實只是名稱罷了，筆者姑且把它們分類為技術分析。市場上有很多的入市方法都會有效，但也有一個共通點，都是交易員在市場上自己親身學習到的。當然若別人把一些經驗告訴你，你會學習得更快。

而本書介紹的很多交易方法，就是筆者從實戰中得來的經驗，甚至有一些技術指標或陰陽燭的用法，也並非過往流傳下來的運用方法，而是筆者綜合自己交易經驗得來的技巧。

最記得曾看過一部紀錄片，就是 2014 年 BBC 推出的《交易員：轉瞬百萬》（英文片名：Traders: Millions by the Minute），片中訪問了市場不同類型的交易員，這些交易員都有一個特點——他們十分相信自己在市場上的經驗，雖然每個交易員運用的入市策略也有不同，但他們確實能在市場上獲利。

紀錄片分為上集及下集，採訪的是交易世界裡有一定經驗的人，從期貨交易員、對沖基金經理、業餘交易員甚至是家庭主婦都有。而涉及到的交易品種也非常豐富，從股票、外匯、黃金等到二元期權，甚至是高頻交易及場內交易也有提及，筆者就十分建議大家看一下這部紀錄片。

上集介紹的大多是機構交易員，場內的期貨交易員提及到如何利用市場的氣氛去交易，也有訪問對沖基金經理，他們如何去管理自己的基金，特別是面對虧損時如何處理。不過訪問的都大多屬學院派，這個筆者不是太喜歡，反而提及專門 Daytrade 美股的交易員，筆者就較為欣賞。

當然他們不會把全部的策略也告訴你，但從訪問中可留意到，他們用的方法好像既不是基本分析，又不是技術分析，不過，你很清楚知道他們的經驗十分豐富，每天就是憑自己的經驗去賺錢。

而下集介紹的是一些散戶，看上比較「平民」，但他們的身家未必比機構交易員少。筆者就特別欣賞一位名為 Charlie Burton 的交易員，理由是他做交易時十分之「穩」，沒有理會太多人的意見，也不會受別人的影響，基本上每天就是在憑藉自己的經驗來做交易。其實交易就是在收集資訊後通過大腦的複雜計算，對未來進行預測，而計算過程除了需要邏輯判斷，很多時需要依賴更深層的直覺，這些直覺根本就是來自自己的交易經驗。

本書介紹了不同的入市策略，這不代表每個策略也百分百能每次獲利，總會有虧損的時候。但若然大家能將筆者的經驗改得更好，那便會成為你個人獨有的方法。然後就是訓練自己每天去執行你的策略。

不要以為交易這個工作很簡單，實際上它非常難，因為總會有虧損的時間，但虧損是交易的一部分，一定要學會接受虧損。很多人就是無法接受虧損，所以未能堅持下去，那研究甚麼交易方法也沒有用處。

另外，當年筆者在這紀錄片學到的，就是每天收市後要分析自己的交易經過。一定要有交易日記，交易明細和交易計劃，重點是看看是不是過度交易，是不是符合自己的計劃。當逐漸在市場累積足夠的經驗時，你便會開始能在市場獲利。

報告

Chapter TWO

# 指標的應用

愛投資・愛自己
Earn Money, Be Happy!

# 最先學又最好用的指標 MACD（一）

若大家問我最好用的技術指標是哪一個，一定會答是 MACD。這個指標誰都懂，翻查一下它的始創人，原來叫 Gerald Appel。這位大師自小便對股票市場有深厚興趣，長大後加入金融業並成為基金經理，但基金經理的傳統選股方式卻並不是他喜歡的方法，在技術分析的領域裡，Gerald Appel 是一個自學型的炒家。其後他成立了一間投資諮詢公司，名為 Signalert，這間公司提供的投資建議深受市場歡迎，提供的買賣建議也證實了能讓投資者獲利。最後他用這公司的名義為客戶管理資產，高峰期所管理的資產數目達到 3.5 億美元，相當於現在的數十億美元。

筆者看到他的事蹟後有一個想法，真的突發奇想：想出一個指標後就能發達嗎？

Gerald Appel 發現 MACD 的過程其實很有趣，就是在 1979 年的某一晚，他與朋友吃飯，但吃飯時一直在想自己該要再研究出些甚麼才可以改善炒股的成績。筆者自己也試過這樣，當時給姐妹說我太沉迷，著我快點收手、專心吃飯，然後去 Shopping。

不過，Gerald Appel 就好有恆心，那一晚吃飯後就叫朋友一起回家再研究分析方法。當時要研究其實十分困難，因為 1979 年根本未有電腦，要用畫筆及畫簿來自己畫。當晚 Gerald Appel 看到朋友帶在身上的畫簿，突然有了很大的靈感，然後當晚就想出 MACD 這個指標。看到這個故事時，其實不是太相信，曾經想過去找找 Gerald Appel 寫過的兩本書，分別叫做《技術分析實戰工具》及《機會投資》，這兩本書曾被美國股票權威傳媒 Stock Trader 評為最佳財經書籍之一。後來師傅借我看過，發現又不是很特別。

這位師傅連江恩當年的手炒教學筆記也有，好像在 eBay 買回來，他就是有這個收集技術分析書的嗜好。

看過 Gerald Appel 的書，其實也不覺得有甚麼特別，真正令筆者覺得 MACD 是最好用的指標是在實戰的時候。

**MACD 的計算方法很簡單：**

先要設定 MACD 的參數，一般最常用的設定是，將較短期的平滑移動平均線（EMA）設定為 12 日，較長期的則設定為 26 日。

先要計出「平滑系數」，這個數值是計算最新的 EMA 時所必須的。

12 日的平滑系數＝ 2 ／（12 ＋ 1）＝ 0.1538

26 日的平滑系數＝ 2 ／（26 ＋ 1）＝ 0.0741

**計算最新的 EMA：**

12 日 EMA ＝ 12 日的平滑系數 × 當日收市價＋ 11 ／（12 ＋ 1）× 昨日的 12 日 EMA

26 日 EMA ＝ 26 日的平滑系數 × 當日收市價＋ 25 ／（26 ＋ 1）× 昨日的 26 日 EMA

而 MACD 的圖表上有兩條線，分別是快線及慢線，然後兩條線相差就是 Histogram，筆者覺得最有用的就是 Histogram。

**MACD 的基本用法：**

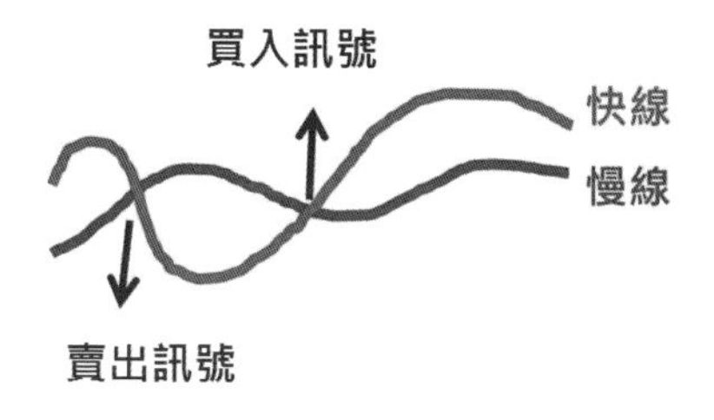


當快慢線出現交叉走勢便是買入及賣出訊號

**買入訊號：**快線向上突破慢線

**賣出訊號：**快線向下跌破慢線

MACD 的柱狀圖也可以發出買入及賣出訊號，當柱狀圖由負數變為正數屬買入訊號，由正數變為負數則為賣出訊號。

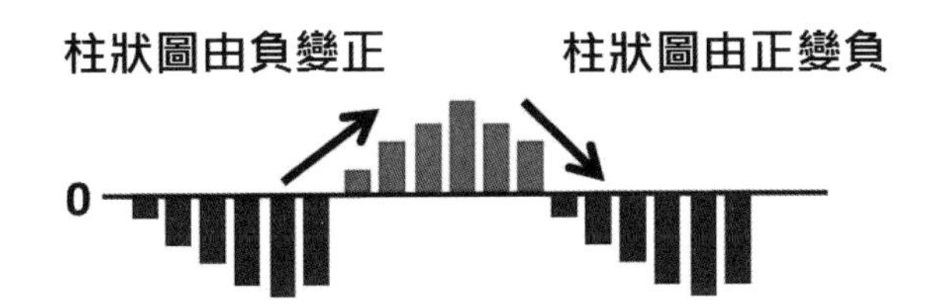


不過，基本用法只是作參考，真實運用 MACD 時差不多每位用家也會有不同用法。但有用過 MACD 的人都會說，指標的訊號太慢，他們愛稱這種現像叫「滞後」，就是出現買入訊號時，其實股價已上升了一段時間，再追入又有可能已是高位。但這個問題是有方法解決的，就是改一改它的數值，有些人喜歡叫它做參數。

如何去改筆者在下一篇會講，不過既然介紹了這個最常用的指標，有些問題不得不提，那就是當你用 MACD 的時候，千萬不要用背馳。

如果你是新手，筆者講解一點點讓你知道，背馳就是股價不斷跌，但指數卻在不斷升，那代表了股價其實已逐漸見底，可以預早買入。有很多人用了 MACD 一段時間後，覺得 Gerald Appel 所教的用法根本行不通，那就自創了一些背馳的方法。

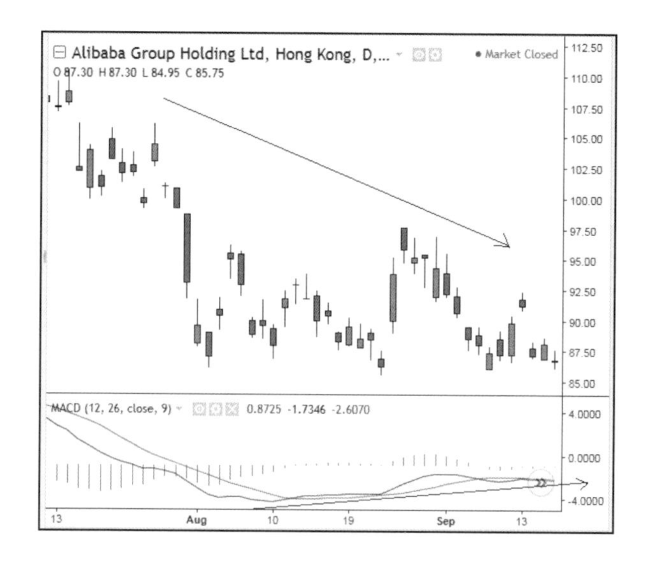


上圖就是背馳的例子，阿里巴巴（09988）在 2022 年 8 月到 9 月就是出現背馳，股價在跌，不過 MACD 在升，但如果在當時買入，會怎樣呢？

再看看另一個圖：

阿里巴巴在出現背馳後跌得更加慘烈，背馳只是偶爾會贏，但輸的機會卻很大，而且一輸可以輸得很多。

## 為甚麼筆者這樣講？

筆者見到用背馳這類訊號的人，都會習慣坐倉，因為背馳就是「撈底」，大家也知道即使股價即將反彈，但仍很可能要等等，等等的時間股價可能繼續跌。深信背馳的人認為股價始終會回升，所以願意坐倉更長時間，這種人的特點就是止蝕不夠快。當遇上背馳訊號出錯時，仍然在「死忍」。

背馳訊號只要出錯，股價又會跌得比平時更急，這樣虧損就會特別大。筆者學習技術分析也走了不少冤枉路，輸錢輸得最多的時間就是嘗試用背馳的方法，這是自己的經驗所得。所以學任何指標都好，就是不適宜用背馳。

至於如何用 MACD 最好，下一篇的內容就是筆者最常用的方法。

# 最先學又最好用的指標 MACD（二）

上一篇文章中提到，MACD 的訊號有時候真的太慢，看到升市出現了，卻一直未見有訊號出現，到出現了股價又開始回落，當你想追入時又可能會「摸頂」，所以很多人會說 MACD 沒用，而且越用就越生氣。

其實 Gerald Appel 雖然是突發奇想發明了 MACD，但他又不是「亂咁來」的，用 MACD 時他有一套計算方法，MACD 的快線參數最好要用 12、慢線的參數要用 26，然後用 9 日計算差距才有最好的效果。

筆者翻查過他的著作，他確實有這樣說過，但那是他那個年代最適合的用法，在現今的年代，市場的波動自然大得多，用法也很合理地應該有不同。

筆者的經驗是，快線的參數一定要夠「細」才有用，越細就越好，當然不要細到變成零，但最好不超過 3，那用在短炒時 MACD 的「反應」才會夠快。若果你說 MACD 的訊號慢，試試轉做一個很細的參數便會明白，MACD 根本就不慢，而且一天的入市訊號可以很多。

而慢線的參數反而就越大越好，試過用 100 都可以，重點是要快線與慢線的差距要夠大，這個是筆者多年來用 MACD 的經驗。用 Gerald Appel 發明 MACD 時建議的參數就肯定差距不夠大，快線用 12 與慢線用 26，差距就只有 13，筆者的經驗就是差距要夠 50 或以上才夠好，因為這樣 Histogram 的走勢才會夠清楚。而筆者習慣會快線用 3，慢線用 90，差距達到 87，不要以為這樣很誇張，短炒的話這樣才最實用。

至於計算快線與慢線兩條線的差距就應用 9 日，同 Gerald Appel 所指的一樣，所以筆者常用的 MACD 就是（3,90,9）。

例如看到這個圖表，阿里巴巴（09988）在圖表中的升幅大家會覺得在哪個價位買入最好？

當然就是在低位大約 87.5 元左右吧！

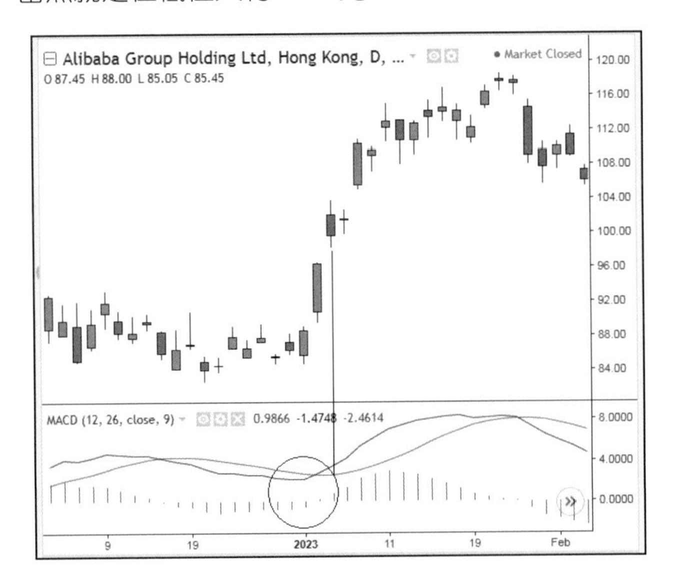


但若用 Gerald Appel 所指的 MACD（12,26,9），當 MACD 的 Histogram 升穿零線（意思是由零線之下升至零線之上），買入價其實已大約升至 100 元，而這個升浪的頂部是 118.5 元，實際上只剩下 18.5% 的升幅。

不過，若用 MACD（3,90,9）就有很大的差別，入市價大約是 88 元左右，跟離頂部 118.5 元仍有達 34.6% 的差距。同樣買入 10 萬元，用 MACD（12,26,9）最多就只能賺 18,500 元，但若用 MACD（3,90,9），最多就能賺 34,600 元，兩者相差接近一倍。這就是兩個 MACD 的差別。

試想想，炒股無可能次次賺錢，但賺錢時自然賺得越多越好，因為輸就輸得多，賺得賺得少，長炒一定輸清光。筆者初期就是這樣，賺少少就想走，因為怕利潤會流失，坐倉就永遠坐不穩，但後來細心再想想，坐倉坐不穩其實每個人都會，除非買得很小，見到利潤大家都會想快點離場。要修改這個問題，好多專家都會說要練習，但根本就違反人性，你怎樣練習都不會做得到，而且教你的專家可能自己都做不到。

但後來自己想到，其實問題可能是自己入市的時間太慢，升幅出現了才入市，能賺到的自然不多，而且遇上幾次升浪很快見頂的情況，又會越來越怕，那就變得更加想一有利潤就平倉。

其實，只要入市時間早一點，反而就坐得更穩。所謂坐得更穩，就是能賺到的利潤更多，升浪剛開始發力時已入市，到中段一直見到賬面賺錢自然不會想走，到尾段升浪開始減慢就離場，那就是最好的結果。但若在升浪已展開才入市，入市後很快到了升浪尾段，勉強自己繼續持倉其實是在「博」升浪完結後調整幅度不會太大，然後再有下一個升浪開始，這樣做自然會好辛苦，根本就不是練習的問題。

所以不要少看改一下 MACD 參數的效果，可能改了後會令你的交易成績有很大變化，上面的例子都已看到，每次入市能賺 18.5%，和能賺 34.6%，結果真的可以相差很遠的。即使大家都係 10 次炒 6 次贏，但每次能賺 34.6% 的人，利潤會高出很多很多。

但有用 MACD 經驗的人可能會反對筆者的建議，快線用 3 這個參數雖然訊號會更快出現，但就會有很多「假訊號」。如果你有這樣想，證明你也有很多用 MACD 的經驗。筆者在實戰時當然也發現這個問題，所以在實戰時就要懂得剔除「假訊號」。

Histogram 升穿零線，最初升穿零線時，若果是假訊號都會很快跌穿返零線的，所以最好不要剛好 Histogram 升穿零線就入市，這樣就會很危險。例如美股的 Tesla（US:TSLA）由於波動大，又多散戶炒，就經常會有這一類假訊號。

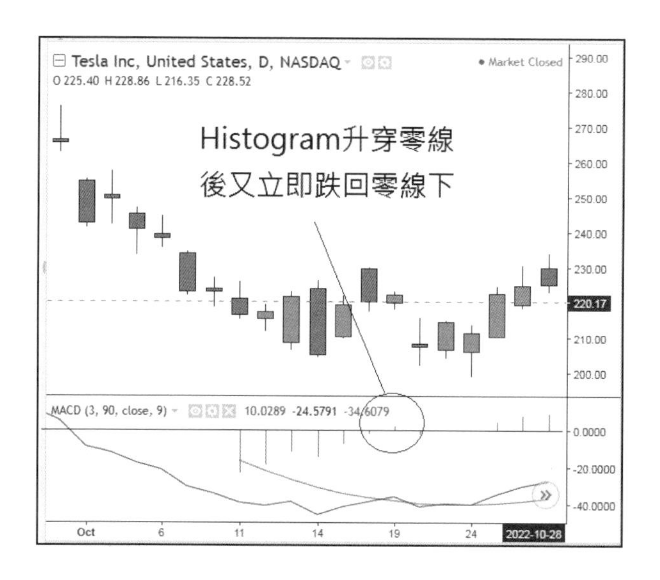


如果發現 Histogram 升穿零線後，第二枝 Histogram 比第一枝更長，而且相差越多就越好，因為相差越多證明買盤越強，那訊號就會越準確。

至於長度差距多大才是好，那就真的需要經驗，但看多了自然會分得到。例子可以看看下圖的 Apple（US:AAPL），這個情況就叫做第一枝 Histogram 的長度與第二枝的相差太少，出現這些情況的都算是假訊號，即使股價會繼續升也未必會升得太久。

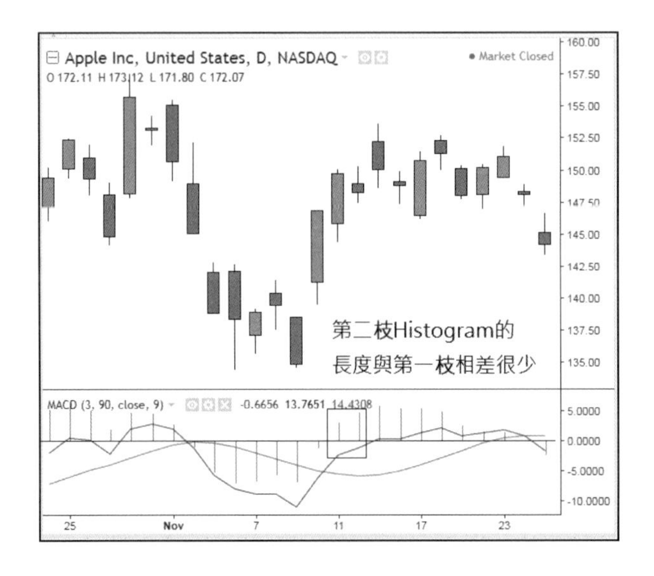


而下面這個圖表就是 Microsoft（US:MSFT）的走勢，這個例子就是第一枝 Histogram 的長度與第二枝的相差足夠大，然後出現訊號後，Microsoft 的股價也升得特別多。

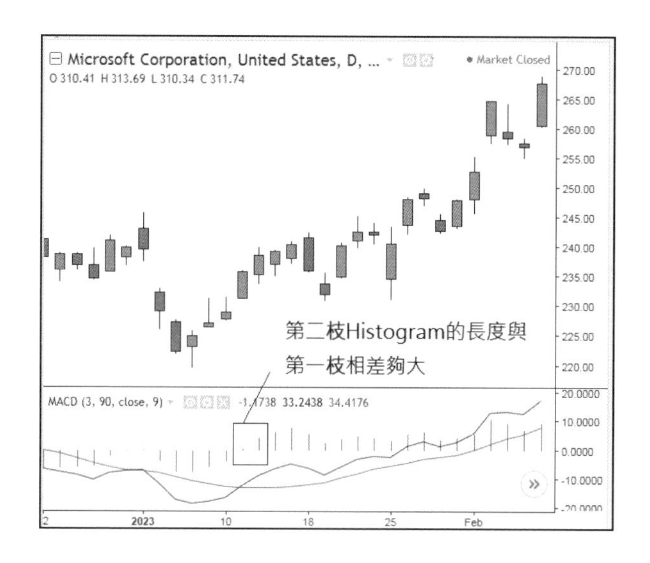


另外，筆者有一個經驗，又好像美股會較易分辨，這也是筆者一再強調要懂得更多市場的原因，美股即使你只是短炒一些「大大隻」的科網股，像 Apple、Microsoft，也可以用這個 MACD 的訊號判斷得到應否入市。不過，港股就較為「麻煩」，有時候騰訊（00700）、阿里巴巴（09988）這兩隻股份的訊號可以十分相似，根本很難分辨。

這個用 MACD 的方法，筆者由學習技術分析以來一直都在用，而且確實很好用。當然，技術指標不只是 MACD，還要有其他的工具配合。筆者學習技術分析的過程就曾經是甚麼都去學，然後綜合有用的才留下來，那些留下來覺得最有用的，都會在本書介紹給大家。

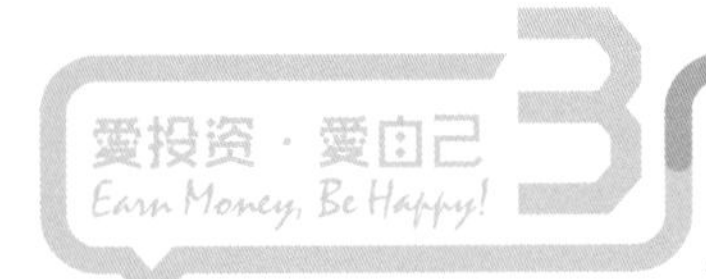


# 成枝 Bar 飛出去的 Bollinger's Band 形態

筆者自己最先學的技術指標就是 MACD，可能學習的過程與別人不同，但至今仍覺得 MACD 最好用。另外，MACD 學了捉入市位，但沽貨平倉又應甚麼時候才做？當時便有人教筆者應用「煲寧啫 Band」，原創者叫 Bollinger，不明白為甚麼譯做保歷加？

「煲寧啫 Band」其實真的很多人用，可能大家是新手，那筆者都解釋一下。這指標由 John Bollinger 發明，通道是由三條線組成：

1) **通道頂部：中線加 2 個標準差**（Standard Deviation）
2) **中軸：20 天移動平均線**（**收市價**）
3) **通道底部：中線減 2 個標準差**（Standard Deviation）

中軸設定為 20 天移動平均線是原創者建議的，但也有些炒家會作出修改，例如改為用 5 天或 10 天平均線，當運用的參數越小，保歷加通道的頂部及底部的變動幅度也會越大。

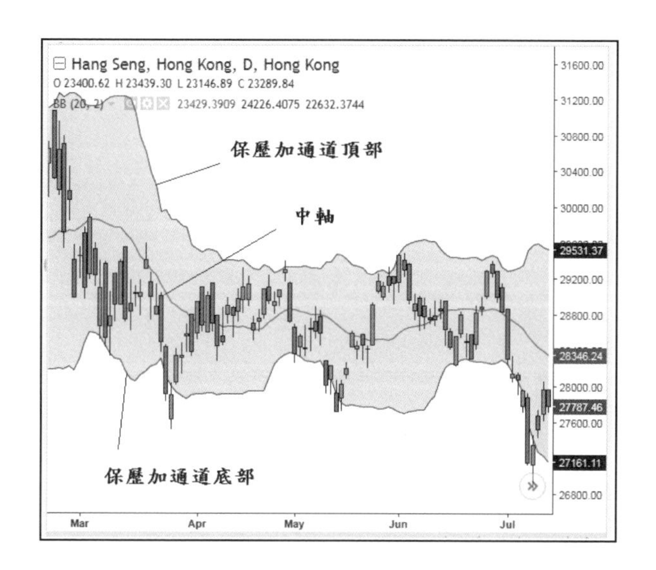


叫甚麼名稱並不重要，最記得學習這個指標時，有人教筆者，因為股價會有九成時間都在「煲寧啫 Band」之內，所以這個 Band 的頂就可以做止賺位，意思就是買入後只要到股價升到 Band 的頂部就應該沽貨平倉。然後，如果你炒期指，要買跌也需要設定一個平倉位，「煲寧啫 Band」一樣幫到手，只要股價跌至 Band 的底部就應平倉。

若果你是技術分析的新手，這個就是「煲寧啫 Band」最常見的用法，十個有九個用這個指標的都是這樣用。

但當你繼續去用又會發現一個問題，「煲寧啫 Band」的頂部與底部其實是會變的。你買了貨想等股價升至頂部就沽貨，但升至頂部後，股價又可能「痴住」頂部一直升，升至頂

部就平倉可能只能賺小小，但多等幾日卻可以賺得更多更多。

不過，當你以為多等幾日有「著數」時，有時候股價升到頂部又真的可以很快很快就由升轉跌，而且越跌越急，如果沽貨不夠快就可能倒輸。

其實還有很多用這個指標的人，會將「煲寧啫 Band」的頂部視為阻力位。常見的用法是股價升穿保歷加通道頂部後造淡，又或以通道的底部作支持位，當股價跌穿保歷加通道底部後造好。但這種做法十分危險，因為通道的頂部及底部並非一直不變的，通道的頂部在上升的市況中也會隨走勢向上，而通道的底部也會在下跌的市況中隨走勢向下。

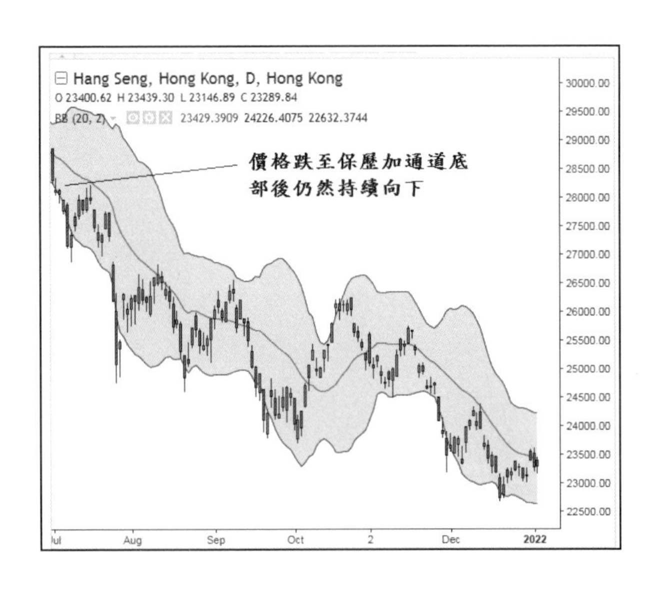

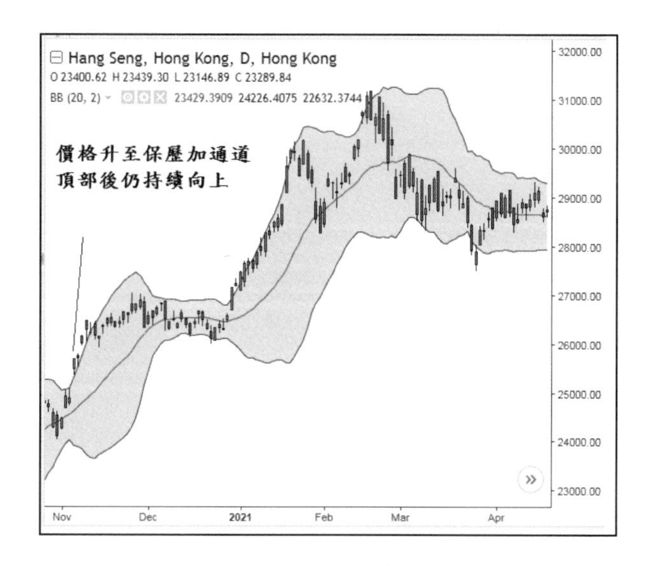


筆者自己就試過問喜歡用「煲寧啫 Band」的人怎樣看這個問題，究竟升到頂部會繼續升的機會較高，還是由升轉跌的機會較大？大家的反應其實是，機會只是一半一半，「個市夠強就會升多啲，個市弱就會跌番轉頭。」這根本就是廢話，若然知道市況很強，那自然知道應該持倉更長時間，問題是市況突然大逆轉是根本預測不到。

於是筆者就翻查一下，研究「煲寧啫 Band」的「煲寧啫」自己怎麼說。筆者算識一點英文，也知道他有做外國的財經節目，好像到 2017 年後就無再做。

其實好想聽到佢解答這個問題，印象中他曾說過，「煲寧啫 Band」有時會一直與股價向上走，但有時又會收窄，然後接近横行，然後節目大多在講他對經濟情況的預測，很多時候「煲寧啫」並非在講「煲寧啫 Band」。

到現在筆者也覺得，股價升到頂部是否會再上移，根本連「煲寧啫」自己也不肯定，確實機會只是一半一半。曾看過他的背景，原來他最初是對攝影興趣最大，又讀過藝術學院，一直以來要成為一個藝術家那團火從來無熄滅過。

事實上，他更有攝影的工作，就是為 CBS 新聞雜誌節目《60 Minutes》影相，而第一次接觸股票是家人留給他的，不幸的是他繼承了這隻股票不久，這間公司便倒閉。那時候他並未對股票市場產生多大的興趣。即使擔任攝影師期間，涉及有關財經節目的工作，看到一大堆金融市場的數字、術語等，也完全不感興趣。

其後到了 1970 年代中期，他的家人叫他協助處理一些共同基金，「煲寧啫」當時根本毫無頭緒，惟有參考一些財經書籍，學習分析市況的方法，逐漸才被股市吸引，並於洛杉磯一家經紀行開始進行買賣股票。透過電子報價機學習有關股市的知識，最後展開了他的投資生涯。

他參考了不少書籍，也創造了不少分析的方法，到了1970年代末期已經覺得自己「好掂」，然後用自己的方法去預測，認為當時油價將會升至每桶50美元，甚至100美元，而油價上升將會令石油股股價向上發展，故此他大量買入石油股，但結果就差不多輸到破產。

差點破產令他更加勤力研究，又考了特許財務分析師（CFA）及市場技術分析師（CMT）的資格。更加入了Financial New Network（金融新聞網）工作，這是當時全美國第一間提供金融及商業新聞的電視頻道，美國人喜歡稱它為FNN。

這個電視頻道每天播出12小時，無間斷地提供金融資訊及新聞，不過這是一個收費的電視節目，但那時候它的收費不算太高，因為願意繳費觀看的美國人根本不是太多。到了80年代，他終於發明了「煲寧啫Band」，然後就越來越出名。

筆者看他的事跡，自然是希望了解他的交易成績，不過其實不少資料也沒有提及。筆者覺得，雖然這個指標很受歡迎，但「煲寧啫」自己的交易成績未必會太好。

而且要用這個指標判斷止賺及止蝕，未必是有效的方法，這個是筆者研究了技術分析很久所得的結論。

不過，筆者學習技術分析，有一個很深的體會，股價上升或下跌的原因並非最重要，最重要是要弄清楚究竟股價何時會出現不尋常的升跌？這些不尋常的情況只要被發現會經常重重複複地出現，那其實便是很好的入市訊號。

筆者問過很多人，既然股價有大部分時間都在「煲寧啫 Band」之內，會否出現「成枝 Bar 飛出去」的情況？意思就是整枝陰陽燭都在「煲寧啫 Band」外。但奇怪的是，大家也答筆者，或許最高價與最低價有可能在通道之外，從沒見過「成枝 Bar 飛出去」的情況，因為股價有九成以上的時間都在通道之內！

這個答案其實不是太令人滿意，因為筆者確實見過「成枝 Bar 飛出去」的情況。還記得筆者在本書已指出，同一個交易策略在這個市場不行，在另一個市場卻有機會變得很有用。回覆筆者沒有可能出現「成枝 Bar 飛出去」的都是愛炒港股，筆者就試試去看美股。

以下是 NQ 的 1 分鐘圖走勢圖，在圖表上就看到，圓圈的部分不就是「成枝 Bar 飛出去」的情況嗎？誰說根本不會發生？

期指及港股不會，可能是交易時間沒有美股那麼長。美股有三大指數，有道指、納斯達克指標，又有標普 500 指數。正如香港的恆生指數有期貨，那就是最多人炒的期指，美股的三大指數也有期貨，而 NQ 就是納斯達克指數的期貨，每天的交易時間可以長達 20 小時以上。

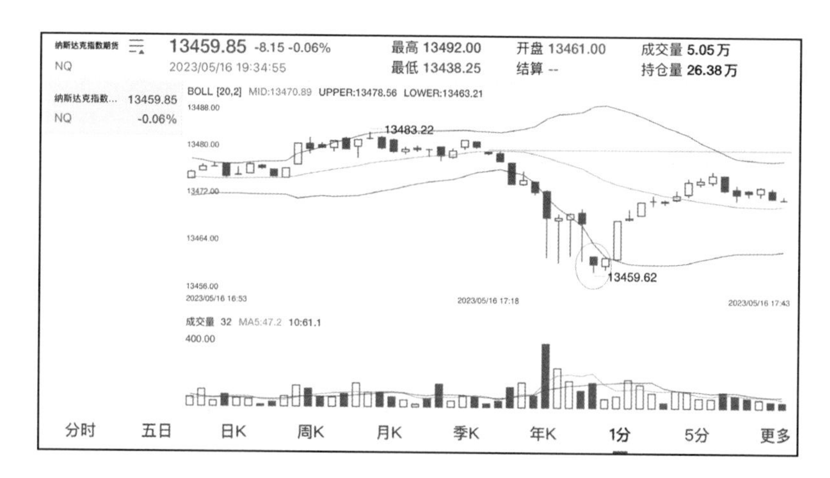


「成枝 Bar 飛出去」的情況很少在港股及期指發生，但在 NQ 就出得比較多，雖然也不是經常出現，但只要出現就很準！

用「煲寧啫 Band」頂部做阻力，有一半機會會失敗，因為股價升至頂部仍有一半機會會繼續升，但若「成枝 Bar 飛出去」的情況，根本成枝陰陽燭都已經升至「飛出左」通道頂，股價回落的機會則大得多。

另外，「成枝 Bar 飛出去」的情況可以飛至頂部以上，也可以飛至底部以下。如果飛至底部以下，股價反彈的機會也就很大。絕對比跌至通道底部便買入更好用，因為跌至通道底部，仍然有一半機會是會繼續跌的。

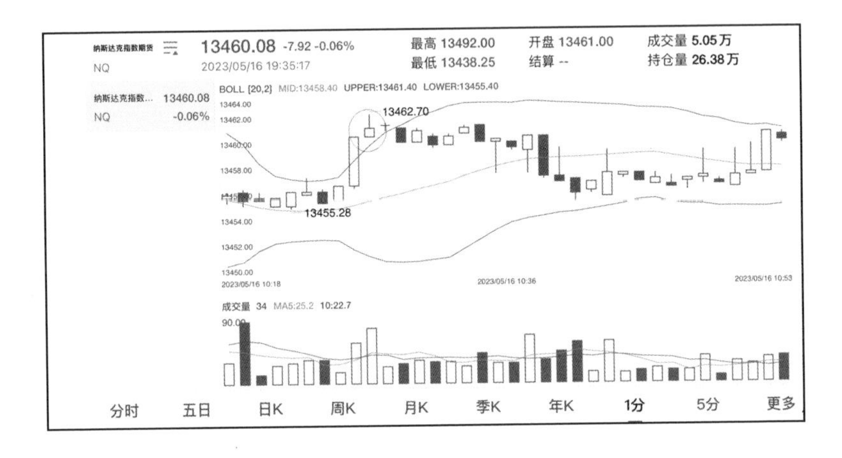


這個簡單的方法筆者用於炒美期就曾帶來不少利潤，但炒期指始終不敢太大注，這是個人心態問題，與策略的應用無關。而這個簡單的策略應該誰也會用，筆者再強調一下：真的很好用。

學習技術分析的過程就是如此，所以筆者會強調，懂得越多的市場便越好，懂得越多的產品也越好，而且要打破傳統的看法，大部分人說不可能的事情未必是沒可能的。因為在某個市場不會發生的情況，在另一個市場卻有機會出現，只要出現可能便是很好的入市交易訊號。

不過，好用的方法不止這一個，下一篇再介紹一個「煲寧啫 Band」的好用方法。

Chapter TWO

# 指標的應用

# 收窄又收窄的 Bollinger's Band 形態

上一篇文章已講過，「煲寧啫 Band」要用來找阻力與支持，就是要等「成枝 Bar 飛出去」的情況，記得頂部與底部都是不斷在移動的，重點就是不要看到股價升到頂部就當作有阻力，跌到底部就當作有支持，這樣肯定輸多贏少。

而另一個有關「煲寧啫 Band」的好用方法就是「收窄又收窄」。所指的收窄又收窄是「煲寧啫 Band」的寬度。

用阿里巴巴（09988）做例子，因為自己就是曾經用「收窄又收窄」這個方法，專炒阿里巴巴的 Call 輪及 Put 輪賺錢，最高紀錄是連贏 11 個月。

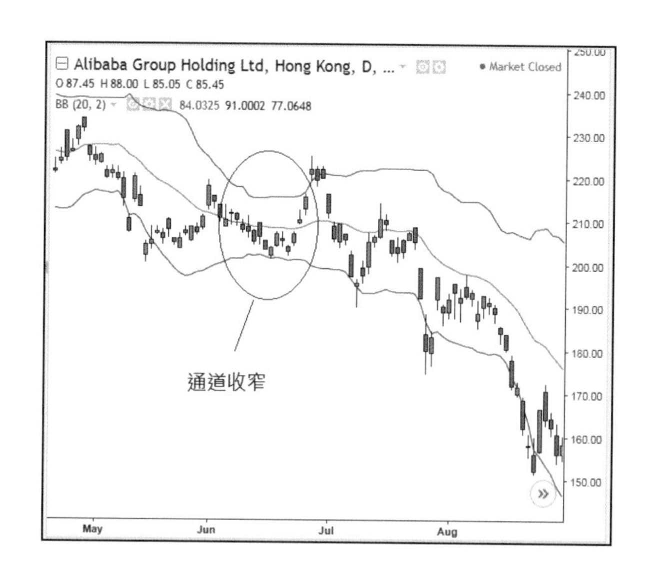


圖表上只要放了「煲寧啫 Band」，有時候會看到頂部與底部的距離可以很大，但有時候又會看到頂部與底部的距離縮小。其實有人會專門去研究頂部與底部的距離，而且有一個名稱叫做「Bandwidth」，而這個圖表上圓圈的部分就係通道收窄的情況。

有時候市場上上落落的幅度很大，通道的寬道就會擴大，但有時候價格上落的幅度會較小，就是「靜市」的時候，沒有很多人入市參與，價格自然沒有很大的波動，這個時候「煲寧啫 Band」的寬道就會收窄。

最初自己聽到這個概念第一個反應是，很多人都說「十個牛皮九個淡」，如果通道的寬度收窄代表了沒有多少人願意入市，那不就是牛皮市嗎？這樣每當出現通道收窄的情況時，應該股價其後下跌的機會會較大。

這個是筆者學習這個概念時最先想到的事情，但結果證實是錯的。「煲寧啫 Band」的寬度收窄，之後可以是升市，也可以是跌市，機率根本差不多。但寬度收窄，其後的上升或下跌都會特別多。如果「博中」方向，炒窩輪的利潤就會很高，所以當時自己就一直在研究通道寬度收窄的問題。

**最後發現了兩個重點：**

1）「煲寧啫 Band」寬度收窄的幅度如果比上一次收窄時更大，其後會上升或下跌得更多。相反，若寬度收窄的幅度比上一次收窄為小，則其後上升或下跌的幅度會較小。

2）「煲寧啫 Band」寬度收窄位置，如果比上一次收窄時高，其後上升的機會較大。但如果寬度收窄的位置比上一次收窄時低，則其後下跌的機會較大。

這兩個筆者發現的重點在實戰時十分有用，用得最多的就是在阿里巴巴這隻股份之上。

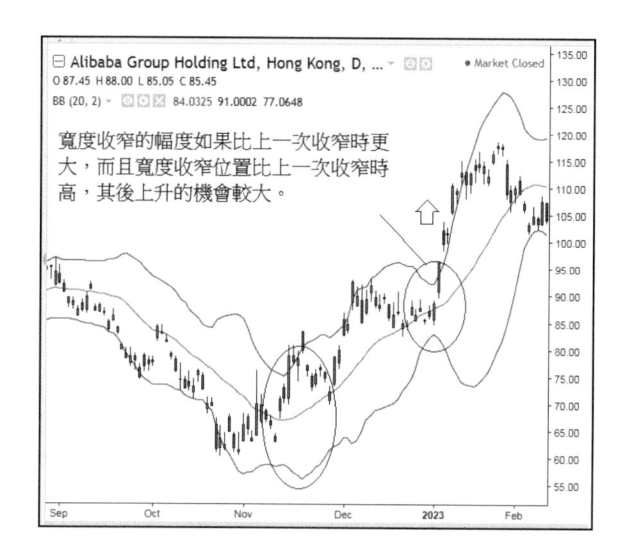


以上這個就是筆者最記得的例子，阿里巴巴在 2022 年 11 月已開始見底，當時自己沒有買入。在圖表上看到 11 月曾經出現通道收窄的情況，但收窄得並不明顯。到了 12 月股價其實已由低位上升了很多，由 60 元升至近 90 元，差不多升了五成，當時若要再買正股真的不是太敢。

不過，當到了 2023 年，立即又看到阿里巴巴在圖表上的「煲寧啫 Band」寬度收窄，而且收窄得明顯特別多，比 2022 年 11 月更多，當時首先便要確定，之後無論升或跌，幅度都會更大。但 2023 年 1 月通道收窄的位置，比 2022 年 11 月的為高，也代表了上升的的機會較高，故此當時便買入阿里巴巴的 Call 輪，然後很快阿里巴巴的股價便由 90.75 元升至 118 元以上，當時炒輪的利潤達到本金的三成以上。

當然，用同樣的方法炒 Put 輪也可以，例如下圖：

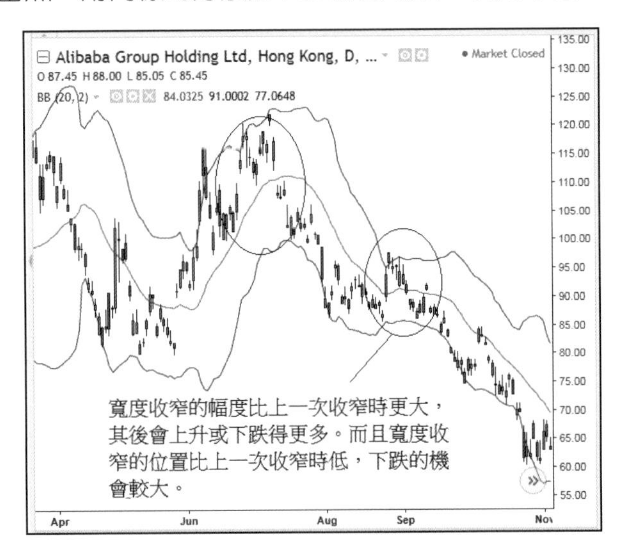


同樣是阿里巴巴，在 2022 年 8 月就出現了「煲寧啫 Band」寬度收窄的幅度比上一次收窄時更大，而且寬度收窄的位置比上一次收窄時更低，其後下跌的機會較大。當時買入 Put 輪，差不多在「煲寧啫 Band」寬度收窄接近完結時，股價便立即急跌，而且越跌越急。

學習過 MACD 及「煲寧啫 Band」後，筆者最大的發現是：別人常用的方法未必是對的。綜合別人的經驗後也要自己去觀察，筆者學習「煲寧啫 Band」也花了不少時間，也用錯過不少方法，最後發現能用的方法也是自己觀察得來。

有些特性是會重複又重複出現的，大家也會發現得到。但當這些特性出現時，要留意的除了是股價會較大機會上升還是下跌外，還要留意上升或下跌的幅度，以及升浪或跌浪展開的時間。因為真實炒賣時，上升或下跌的幅度不夠，你的入市時間又掌握得不好時，就有可能由贏變輸。

而且好的技術方法、入市方法就是要簡單，只有簡單的方法才能真正可執行，複習的方法只會讓你在真實交易時有太多太多的想法。市場不是升就是跌，太多的想法就會更混亂，反而會令你做得不好，錯了就止蝕，贏多輸少就會有利潤。運用簡單的工具，然後重複去執行，便會找到運用的竅門。

# ATR 是甚麼

技術指標真的有很多很多，有一個指標自己一直認為在即市交易時很好用，但有些奇怪，就是很多人就覺得它用處不大。這個指標除了可以用作判斷止賺止蝕位外，它在即市交易時提供的入市訊號真的頗準！

這個指標就是 ATR 指標（Average True Range），中文名稱叫做平均真實區間。如果你用過 RSI、SAR、ASI 這類指標，就應該知道誰是 J. Welles Wilder，而 ATR 都是由他發明的。他在 1987 年寫的 New Concepts in Technical Trading Systems 一書中就有提及。

不過，當時不算有太多人認為 ATR 有用處，所以不及 RSI 這個指標出名。後來有一位炒家叫 Richard Dennis，就是很多人都提及的「海龜」。由於 Richard Dennis 成功將幾十元翻至 2 億，又收了很多徒弟，而且個個都賺大錢，結果「海龜」變得很出名，他的策略也越來越多人留意，而 ATR 就在當時開始「紅咗」。

如果你是初次接觸這個指標，去找 ATR 的公式可能會好混亂，自己最初也是有這個感覺。ATR 所指的「真實波幅」，其實是要另外計算的，並不是指每日的高低波幅這樣簡單。

當時就已認為，原來每日高低波幅不叫「真實」，要從新再用計算機計一下才知道真實區間是甚麼。因為每日的走勢可能有裂口，而且裂口可能很大，要將裂口的部分也計算才會知道真實的區間。發明者叫真實波幅為 TR。

當你計算了每日的真實波幅後，再計算一下一段時間內 TR 的平均值，這個就是 ATR。

看到這裡新手可能仍然不明白。但試想想假設你要即市短炒，即日的波幅就要夠大，這個大家也明白。即日波幅夠大，潛在利潤在扣除所有交易費用後才會夠高。要做一個能穩定獲利的即市炒家，就要懂得挑選適合即市短炒的股份。

當然，你也可以只炒期指，下一篇文章就是專講如果你用 ATR 來短炒期指，怎樣可以找到最值博的入市位，而且你會發現 ATR 出現的入市訊號比其他很多指標更準。

但即市短炒不一定只炒期指，如果你炒股票，師傅教過：由於股票沒有槓桿，反而更容易在市場生存。師傅又曾說，炒期指之所以生存不到，很多人是因為槓桿太大，而不是因為策略不行。這點筆者就一直都記住。如果把期指轉為股票，特別是美股，又可買升又可買跌，沒有槓桿去炒真的會壓力少很多，贏錢會比炒期指少，但坐倉的壓力就少很多。若你把交易視為一份工作，這份工作的壓力就會減少，自然做得舒服一點。

要選擇可以即市短炒的股票，最好就是用 ATR，但你直接去觀察圖表，可能以為波幅已很大的股票，有時候又其實不適宜即市短炒。

**以下的是師傅所教的最好方法：**

很多人計算股價的波幅幅度時，往往會有不同的方式。若計算即市波幅的數值，大部分投資者都會懂得將全日最高價減去全日最低價。然而，筆者認為，若要正確反映出股價的真正波幅，我們應將開市後呈現的「上升裂口」與「下跌裂口」均計算在內。

舉個例說，假設某股票於上日收報 10.00 元，今日裂口高開 0.20 元後，即市只曾回落至 10.15 元，便掉頭再升，並曾高見 10.50 元。於一般計算方法中，即市波幅的數值為 10.50 元 - 10.15 元 = 0.35 元；但若計算真實波幅，數值便會是 10.50 元 - 10.00 元 = 0.50 元。

同樣地，假設某股票於上日收報 10.00 元，今日裂口低開 0.30 元後，即市只曾反彈上 9.75 元，便掉頭再跌，並曾低見 9.35 元。於一般計算方法中，即市波幅的數值為 9.75 元 - 9.35 元 = 0.40 元。

當大家選擇波幅較大的股票時，應比較一下每隻股票的「即市波幅率」。

「即市波幅率」便是以「真實波幅」除以上日收市價 × 100%。上述呈現上升裂口的例子中，「真實波幅」為 0.35 元，上日收市價為 10 元，即市波幅率便是：

0.35÷10×100% = 3.5%

即市波幅率越大越有炒賣價值，特別是該股的成交量顯著增加之時更值得留意。假設 A、B、C 三隻股票的即市波幅率及近五日平均成交量如下：

| 股票 | 即市波幅率 | 五天平均成交量 |
|---|---|---|
| A | 5.5% | 200M |
| B | 2.1% | 80M |
| C | 1.3% | 150M |

**大家其實可以下列計算方式作比較：**

股票 A，200×5.5% = 11

股票 B，80×2.1% = 1.68

股票 C，150×1.3% = 1.95

計算後便得知，首選應為股票 A，其次為股票 C，最後才選股票 B。

最重要一點是，有了真實波幅，可以更容易設定短炒股票的目標價。師傅教，最好的方法是用你的入市價加上當日的「真實波幅」作目標價，往往效果會更佳。當然，如何把握最佳的機會入市也是一個重要課題，假設你的入市價為10.1元，直到你入市後那一刻，即市的「真實波幅」為0.6元，那麼你即市的目標價便應定在10.1元+0.6元=10.7元。

要計算真實波幅其實用Excel已經可以，十分簡單，手機都有類似Excel的App可用。入市後就計一計真實波幅，總好過只用「煲寧啫Band」、上日高低位等作止賺止蝕位。

# ATR 可以是即市短炒期指的好用指標

ATR 的計算並不複雜，但很多人就只用做止賺及止蝕的指標，其實 ATR 可以直接用作炒期指的入市訊號。

炒期指，筆者師傅就教過可用 IB 的 App 炒，師傅提及過幾點都很值得留意，他總是說不要用 Tick 圖和 1 分鐘圖，因為有訊號時的利潤太少，根本賺不到。最短的只能用 2 分鐘圖，用 5 分鐘圖也可以，就是不要用 Tick 圖和 1 分鐘圖。這一點未到真實炒時自己覺得沒有關係，但到真實炒時就真正感受得到，有訊號但利潤又不夠，便只能再坐倉。但若再坐倉其實已是另一個趨勢的開始，幸運的話買升後繼續坐倉，下一個趨勢也是升浪便能有賺，但也有可能走勢逆轉就會倒輸。

至於用 App 炒，其實是希望執行上變得更簡單。炒期指的方法根本就是機率問題，無可能次次中，越簡單的方法止賺及止蝕就越容易去執行。用 App 就可以令自己更專注，至少不用打開 Notebook，免得惹來老公問長問短，坐在梳化用 App 炒半個小時，開著電視也可以專心炒，這個就是用 App 炒的好處。當然，很多人會不同意，總認為交易就是要留意更多的資訊才夠好，這個是他們的想法，筆者自己就偏好簡單。

師傅教導，要炒美期不如先炒 TQQQ 或者 SQQQ，走勢根本一樣，而且美國的 ETF 是很多機構都會炒，並不只是散戶才會，所以與香港的 ETF 有很大不同。炒 TQQQ 及 SQQQ 的成本會較低，幾百港元都可以炒，最初就當作是練習，到你由幾百港元炒到幾十萬港元，市場一樣有足夠買賣盤承接，絕不用擔心成交量的問題。

所以這裡用 SQQQ 做例子，但你也可以用這套方法來炒美期，基本上用法是一樣。SQQQ 是看淡納指的槓桿 ETF，直接買入 SQQQ 就是看跌，沽空 SQQQ 就等同買升，當它是期指來炒一樣很方便。

即市炒 SQQQ，筆者自己發明的方法是用 2 分鐘圖，然後加一個 ATR。ATR 的參數大部分人都會用 14，但這套方法中就會改做 5，另外還會加上一個 Donchian Channel（5）。

用 ATR（5）、Donchian Channel（5）、75 平均線再配合 2 分鐘圖，就是這四個簡單的工具便足夠，在 IB 的 App 做 Setting 也很容易。

輸入 SQQQ 後就會見到圖表，然後在圖表中的「齒輪」就是可以更改圖表的設定。

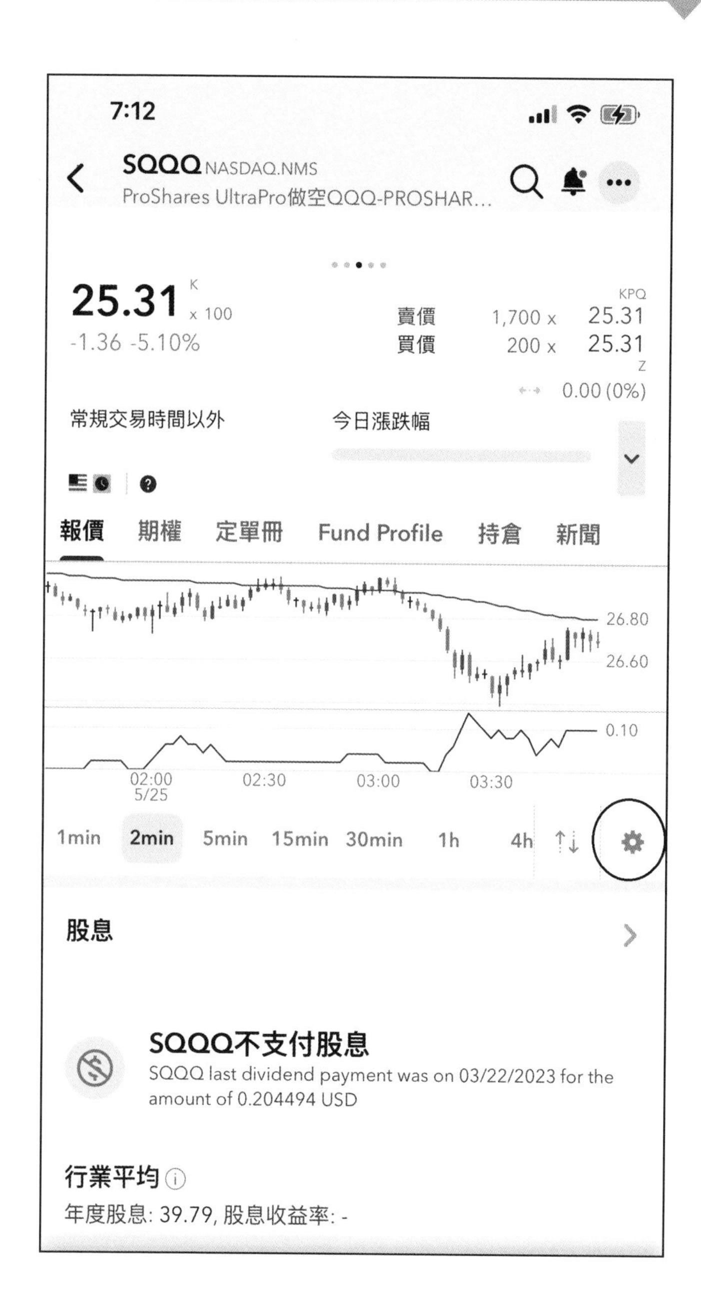
7:12
SQQQ NASDAQ.NMS
ProShares UltraPro做空QQQ-PROSHAR...
25.31
x 100
-1.36 -5.10%
KPQ
賣價 1,700 x 25.31
買價 200 x 25.31
0.00 (0%)
常規交易時間以外
今日漲跌幅
報價
期權
定單冊
Fund Profile
持倉
新聞
26.80
26.60
0.10
02:00
5/25
02:30
03:00
03:30
1min
2min
5min
15min
30min
1h
4h
股息
SQQQ不支付股息
SQQQ last dividend payment was on 03/22/2023 for the amount of 0.204494 USD
行業平均
年度股息: 39.79, 股息收益率: -

然後選擇指標，包括 Donchian Channel 及 ATR，各自將它們的參數改為 5，再以平均線的參數改為 75。

改好後再看圖表就會看到兩個指標，然後在圖表下方選「2min」就是 2 分鐘圖。

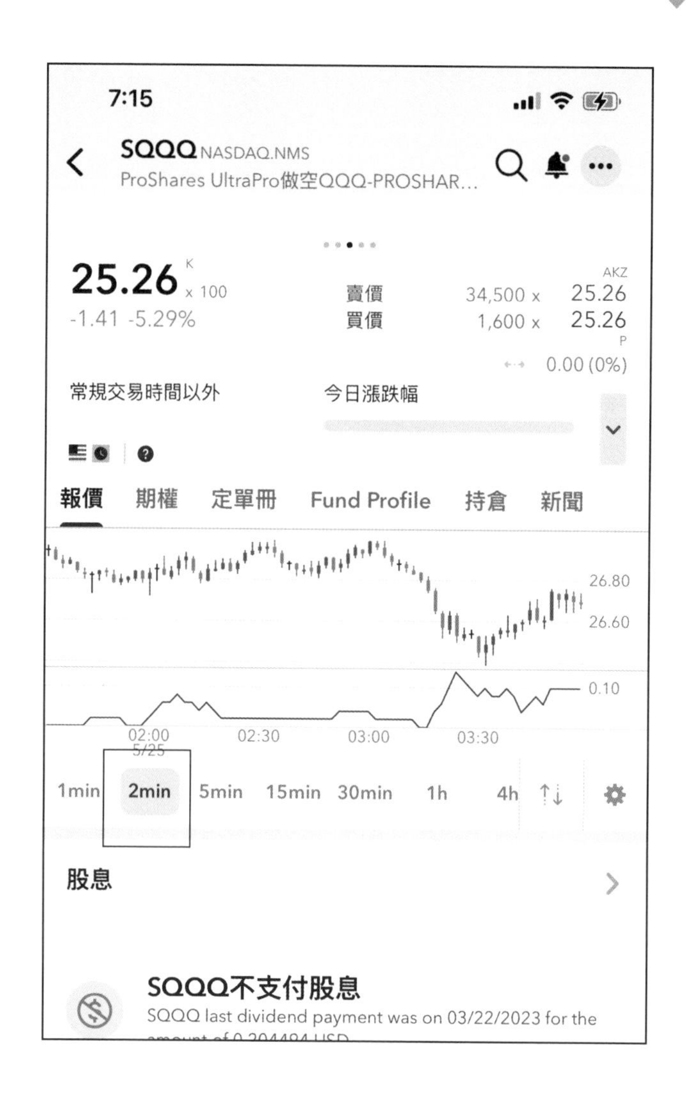


其實這套方法是師傅教過的方法再改良，就是改了用ATR，自己就感覺更好用，但師傅若看到這篇文章，請不要介意，這只是每個人覺得好用的方法不同。

**這套方法的用法如下：**

ATR 就是會一直隨股價上上落落，股價上升時 ATR 也會上升，股價下跌時 ATR 也會下跌，很多人看到 ATR 只是在上上落落以為沒有意思，其實當 ATR 升穿前一個頂或跌穿前一個底時就要留意。

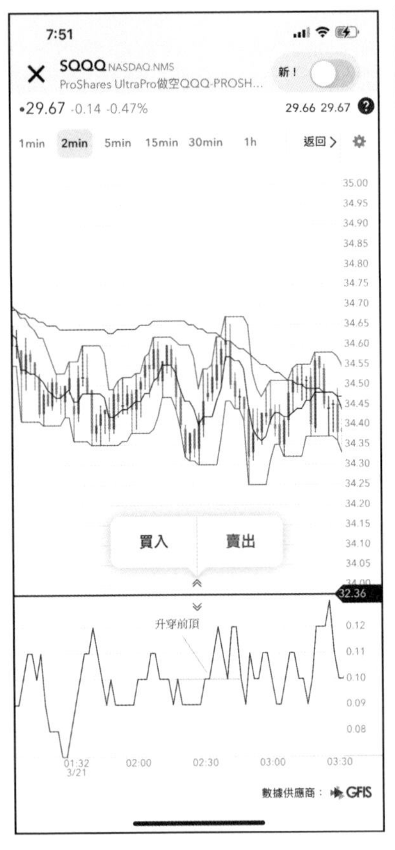


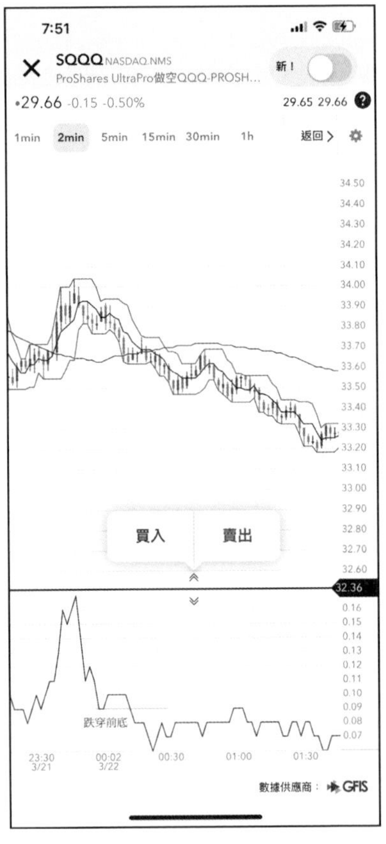

ATR 升穿前一個頂可以是一個即市中的新升浪開始，ATR 跌穿前一個底也可以是一個即市中的新跌浪開始。不過，在 2 分鐘圖表上就會見到每日有很多升穿前頂及跌穿前底的情況，重點就是要剔走一些效果不夠好的。

如果股價在 75MA 之上，ATR 可以升穿前一個頂，升浪開始的機會便會較大。如果股價在 75MA 之下，ATR 可以跌穿前一個底，跌浪開始的機會也會較高。

這個簡單的方法就是用 ATR 即市炒期或 SQQQ 的入市訊號，但有了入市訊號並不夠的，還要懂得拿捏最好的入市位，因為即市炒賣利潤會很少，越懂得拿捏入市位，利潤才能提高。

當股價在 75MA 之上，ATR 可以升穿前一個頂，最好就是等股價回落到 Donchian Channel（5）的「中軸」才入市買入。

當股價在 75MA 之下，ATR 跌穿前一個底，則要等股價回升至 Donchian Channel（5）的「頂部」才買跌。

不過，最好的方法是股價在 75MA 之上時，ATR 不只是升穿前一個頂，就連再前一個頂都升穿，入市訊號就會更準。同樣，股價在 75MA 之下時，ATR 不只是跌穿前一個底，連再前一個底也跌穿，入市買跌的訊號也會更準確。

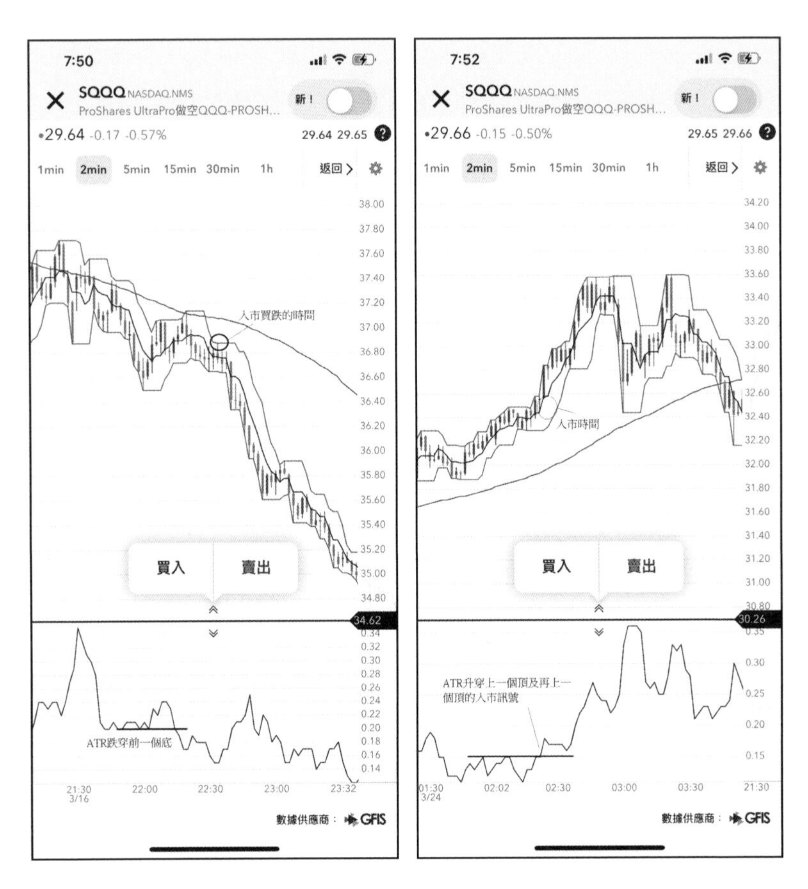


不懂用 ATR 的人，以為即市中 ATR 只是在上上落落，但其實它的波動根本有很多很多的啟示，如下圖：

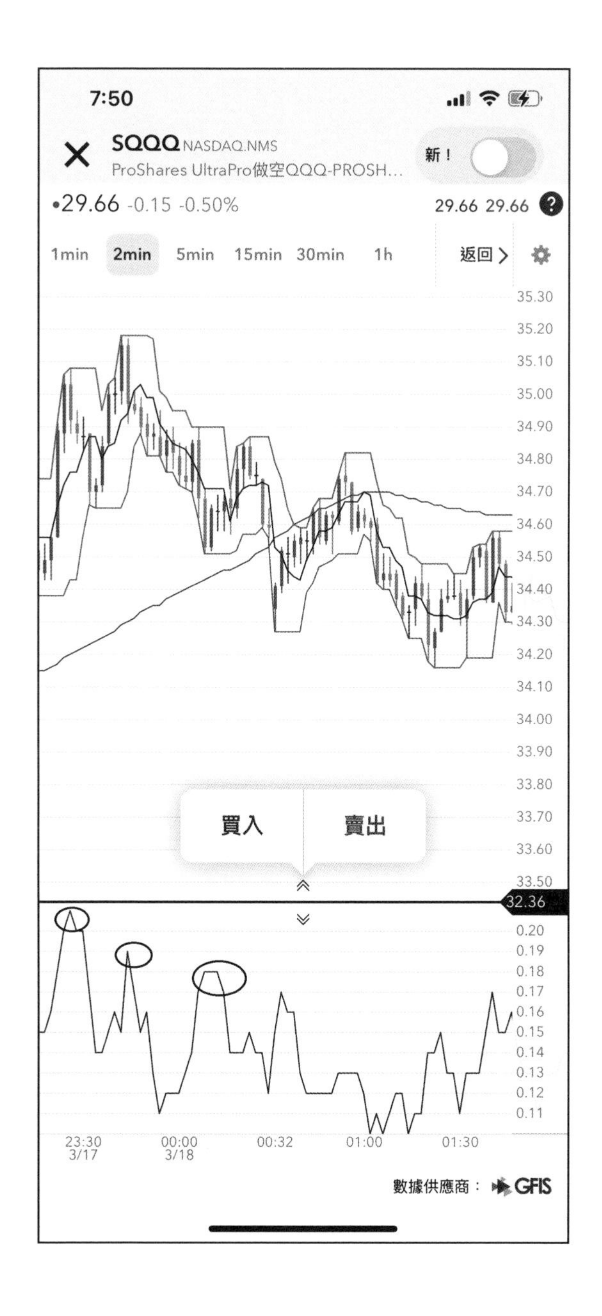
7:50
SQQQ NASDAQ.NMS
ProShares UltraPro做空QQQ-PROSH...
新！
•29.66 -0.15 -0.50%
29.66 29.66
1min
2min
5min
15min
30min
1h
返回
35.30
35.20
35.10
35.00
34.90
34.80
34.70
34.60
34.50
34.40
34.30
34.20
34.10
34.00
33.90
33.80
33.70
33.60
33.50
買入
賣出
32.36
0.20
0.19
0.18
0.17
0.16
0.15
0.14
0.13
0.12
0.11
23:30
3/17
00:00
3/18
00:32
01:00
01:30
數據供應商：
GFIS

股價雖然在 75MA 之上，但上升力度一直在減弱，其後便開始由高位急跌，但其實從 ATR 的波動便早已看得到。根本 ATR 就一直沒有出現升穿上一個頂及再上一個頂的情況，股價雖然在高位但就始終沒有買入訊號。

不只是在升市中可以看到上升力度在減弱，在跌市中也可以看到股價再跌的空間有限。如下圖便可看到，雖然股價在 75MA 之下，但 ATR 根本就沒有出現跌穿上一個底及再上一個底的入市造淡訊號，股價雖在低位但已顯示沒有空間再買跌。

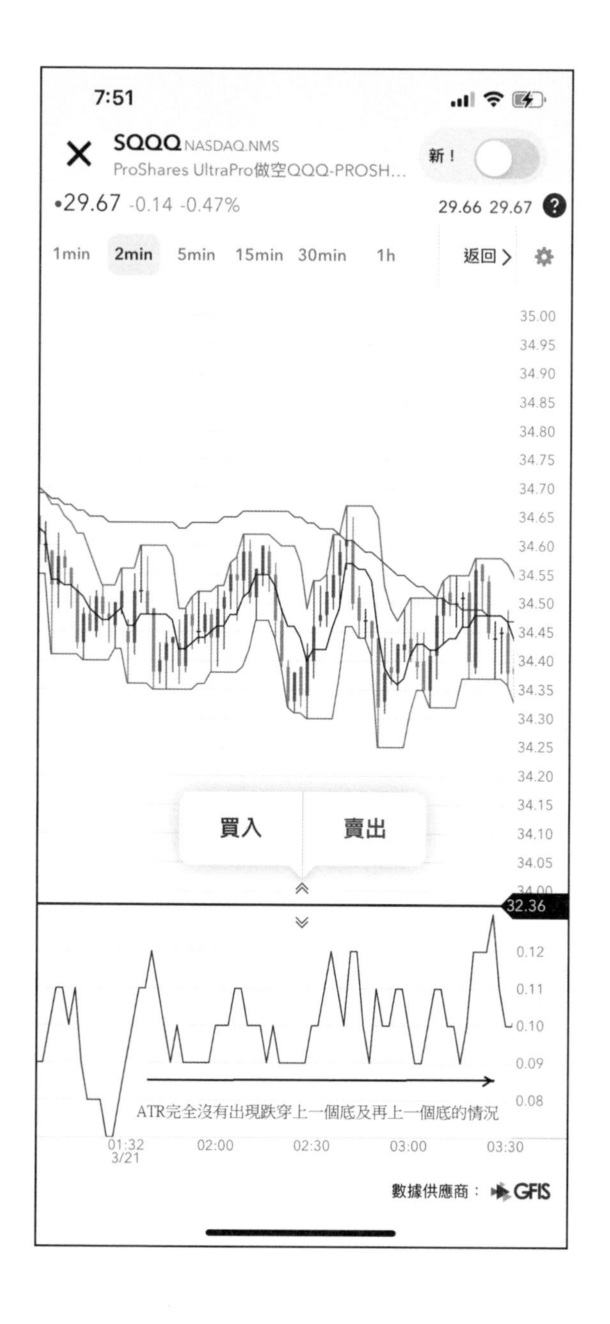
7:51
SQQQ NASDAQ.NMS
ProShares UltraPro做空QQQ-PROSH...
新！
•29.67 -0.14 -0.47%
29.66 29.67
1min 2min 5min 15min 30min 1h
返回
35.00
34.95
34.90
34.85
34.80
34.75
34.70
34.65
34.60
34.55
34.50
34.45
34.40
34.35
34.30
34.25
34.20
34.15
34.10
34.05
買入
賣出
32.36
0.12
0.11
0.10
0.09
0.08
ATR完全沒有出現跌穿上一個底及再上一個底的情況
01:32 3/21
02:00
02:30
03:00
03:30
數據供應商：GFIS

不過，有些要點要注意，這套方法強調，股價要在 75MA 之上，然後 ATR 升穿前一個頂可以買升，股價在 75MA 之下，然後 ATR 跌穿前一個底可以買跌。但當你每天觀察這種入市機會時，你會發現有時候根本股價在 75MA 之上，但其後股價一直跌，ATR 也跌穿了前一個底，當 ATR 跌穿前一個底時，剛好股價也跌穿了 75MA，這種情況屬入市訊號嗎？

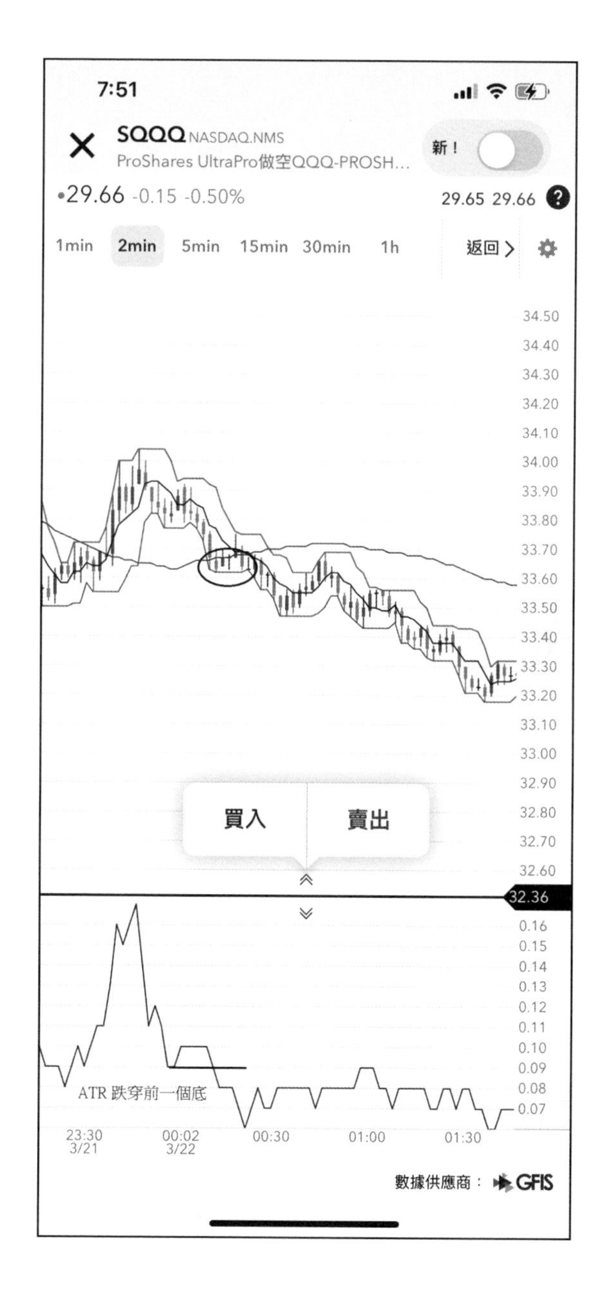
7:51
SQQQ NASDAQ.NMS
ProShares UltraPro做空QQQ-PROSH...
新！
•29.66 -0.15 -0.50%
29.65 29.66
1min 2min 5min 15min 30min 1h
返回
34.50
34.40
34.30
34.20
34.10
34.00
33.90
33.80
33.70
33.60
33.50
33.40
33.30
33.20
33.10
33.00
32.90
32.80
32.70
32.60
32.36
買入
賣出
0.16
0.15
0.14
0.13
0.12
0.11
0.10
0.09
0.08
0.07
ATR 跌穿前一個底
23:30 3/21
00:02 3/22
00:30
01:00
01:30
數據供應商：GFIS

答案是可以的，只要 ATR 跌穿前一個底時，股價在 75MA 之下，訊號便成立，如上圖便是例子。

運用 ATR 來即市炒期指及 ATR 也是筆者自創的，也從沒有人這樣用。但 ATR 在分析即市走勢時其實真的很有效，當你只見到 ATR 得一條線，然後不斷地上上落落，看似沒有任何啟示時，其實它能顯示了很多有用的資訊，包括了即市中的升浪及跌浪力度，以及入市買升及買跌的位置。而唯一不好的是，買入位置需要其他指標配合，如 75MA 及 Donchian Channel，但這些都是些簡單的工具，加起來運用也並不複雜。

運用這套即市交易方法時，入市訊號其實不會太多，每天大約有兩至三次的入市機會。根據筆者自己的統計，大約七成能賺錢。至於如何止賺及止蝕，可以留意一下 Donchian Channel 的變化。但很抱歉，整個方法有些部分想保留，不想完全公開，所以止賺及止蝕方法可以留待各位讀者自行去觀察。

# 平均線其實很好用（一）

當你像筆者一樣去學習技術分析，你會發現越來越愛看一些有關別人交易生涯的書籍，可以當作故事書來看，但就會越看越興奮。當故事主人翁在交易方面的想法，或者是交易的策略應用與自己想過的很接近，那就更加越看越「過隱」。

看過很多人的故事後，筆者比較喜歡的就是 Andrea Unger 及 Larry Williams。Larry Williams 應該有較多人認識，他發明了自己的指標，又在期指比賽中用實戰將 1 萬美元翻至 100 萬美元，不過他用的交易方法筆者就覺得比較複雜，好像比較難學，也與自己的想法有點出入。

筆者自己追求的就是一套簡單的方法，不用每次入市都中，只是希望中的較不中的多，然後只要願意止蝕，就可用這個簡單的方法將資金累積。Andrea Unger 的理念很講求系統化，你用簡單的方法也好，用複雜的方法也好，也必須系統化，入市前你的入市、止賺、止蝕位都要很明確的，不會入市後才去想，入市前能賺多少，有機會蝕多少，都已有心理準備，這才會做得好。

Andrea Unger 與 Larry Williams 一樣，都愛炒期指，兩個人都試過贏得「Robbins World Cup」冠軍。但 Andrea Unger 贏得冠軍是在 2008 年，當年有金融海嘯，不是你預計得到股災就能賺錢，市場的波動比平常更大，做淡倉也曾有一輪大反彈要面對，止賺及止蝕做得不好，隨時會輸大鑊。但他就是在當年贏了「Robbins World Cup」冠軍，而且是以年回報 672% 奪得冠軍，意味著當年他短炒期指就將本金翻了 6 倍。

看過他的故事，他大學畢業後最初不是做投資相關的行業。原來他在大學是讀工程的，畢業後就有接近十年的時間做工程相關的工作，十年的時間有升過職，然後開始帶團隊，不過他又發現原來自己對此沒有多大學趣，反而更喜歡「炒嘢」。

像他有這樣想法的人香港應該有很多很多，「炒嘢」只用自己技術，不用煩人事關係，自然誰都喜歡，但又不是每個炒也能贏，而且要靠炒維生便更加難。不過，Andrea Unger 炒著炒著又真的夠膽轉做全職炒賣，當時其他實已人到中年，有這種想法又確實真的很大膽。

看他的故事看到這裡，筆者就會想，他應該真心覺得炒賣是一樣工作，而不是在賭錢，只要努力去學就能有回報。但原來他根本沒有這樣想，Andrea Unger 有一個師傅叫 Domenico Foti，早就告訴他，炒期指根本就是在賭錢，只是要賭得夠精明。

賭錢就是有不確定的事件存在，每天你都不可能預早知道市場的所有變化，特別是炒期指，因為有槓桿。你可能會有一般人十倍的回報，這樣你或許會比一般人擁有十倍的快樂。但你也可能會有別人十倍的虧損，一般人很難去承受那十倍的痛苦。

承受得到就可以試做，承受不到就不應該試，若你以為這是工作，努力便一定有回報的，也千萬不要去試。

Domenico Foti 講得很清楚，炒期指就是賭錢，不過賭錢切記不要聽任何人的意見，最好連電話都關掉，全部人都不可影響你的決定。然後你要有一套方法，這套方法不用太複雜，要簡單、簡單、簡單！越簡單才越容易去執行，若方法複雜，根本你連應何時止蝕也判斷不到。

有些人會說炒期指就是要先知道市場的大方向，但 Domenico Foti 說，知道大方向也沒有用，即使知道，短線的波動已可令你輸死，這見解筆者就十分同意。你要明白的只有一樣，既然是賭錢，輸錢的時候應該何時走？賭錢沒有百分百贏的，你只是因為認為可能會升，又或認為可能會跌就會下注，記得這個只是「可能」，很多時候你都會有錯。

你要找一個很舒服又百分百可贏錢的策略，根本就沒有。當年雖然很少人用電腦測試交易策略，但 Andrea Unger 就已開始用，而且曾用電腦測試過數百種交易策略，就是希望解開市場之迷，但最終發現根本是解不開的。

即使你用數年時間，日以繼夜的研究系統，試圖混合不同的系統在不同的市場上，期貨、指數期貨、期權市場，看看不同的系統在各個市場的表現如何，反覆地作測試，根本也沒有用。賭錢最重要的，其實只是紀律，有了紀律你才能賺錢。

筆者很喜歡他的故事。他做過的事情相信很多人也做過，但就是一直想不通，至於 Andrea Unger 用甚麼方法來炒期指，他在著作中其實只提及過他會用圖表，但不會混合很多圖表來使用，因為這樣做又會將交易策略複雜化。簡簡單單就用一個 15 分鐘圖表，效果可能更好。若你把小時圖、半小時圖、1 分鐘圖、Tick 圖等加起來用，你就把事情弄得太複雜了。

另外，他也有提及自己特別會用 5 日平均線、25 日平均線、5 日平均成交量、60 日平均成交量等。參考他所提及過的心得，筆者自己就認為 25 日平均線在炒期指十分好用。

簡簡單單用一個 15 分鐘圖，每日總有一至兩轉期指是升穿 25 平均線的，期指如果開市價在 25 日平均線之上，當日就是要等「升穿」25 日平均線的時間可買入。但如果期指開市價在 25 日平均線之下，當日就要等「跌穿」25 日平均線可沽空。

每日總會有升穿或跌穿 25 日平均線的時間，根本不用心急，升穿就即買，若買入後跌回 25 日平均線以下，如果期指價格低於 25 日平均線達 50 點就平倉，若買入後繼續升，升至期指價格距離 25 日平均線達 80 點以上就平倉獲利。

買跌的話就是相反，跌穿 25 日平均線就即沽，入市後若果期指反彈至 25 日平均線之上，當指價格高於 25 日平均線 50 點就止蝕，但如果入市後期指下跌，當期指的價格距離 25 日平均線達 80 點就止賺。

整個策略就只用一個圖表，一條平均線，十分簡單。但重要的是紀律！

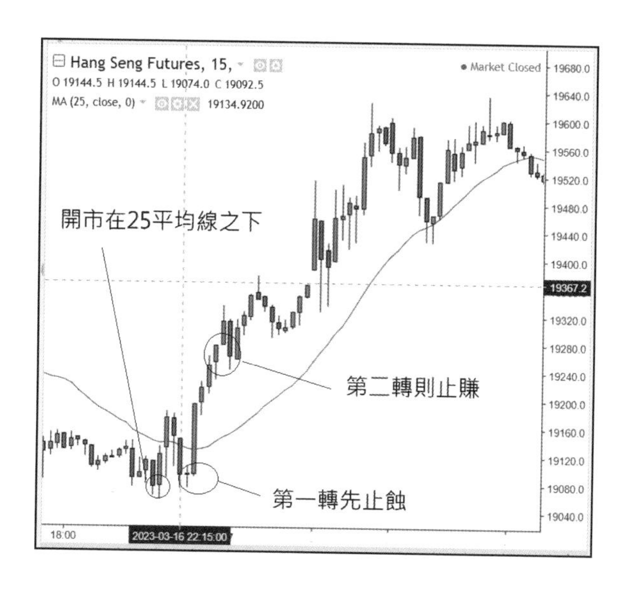

每天總會有升穿 25 日平均線的機會的，如下圖：

開市價在 25 日平均線之下就是要等「升穿」，然後在 9:45am 其實已升穿，當時期指的價格曾升至 19,182，同一時間 25 日平均線的價格是 10,139，未夠 60 點所以沒有止賺。但期指之後又回落，然後跌至 19,074，而當時 25 平均線是 19,134，距離有 60 點，其實期指跌至距離 25 日平均線以下達 50 點已要止蝕。

最初沒有止賺，結果反而是「倒輸」，但也要嚴格執行，這就是紀律，然後期指在 11:00pm 又再升穿 25 日平均線，這次期指沒有再回落，其後期指價格高於 25 日平均線達 80 點，這時便可止賺。

如果開市價在 25 日平均線之上，當日就是等「跌穿」25 日平均線，如下圖：

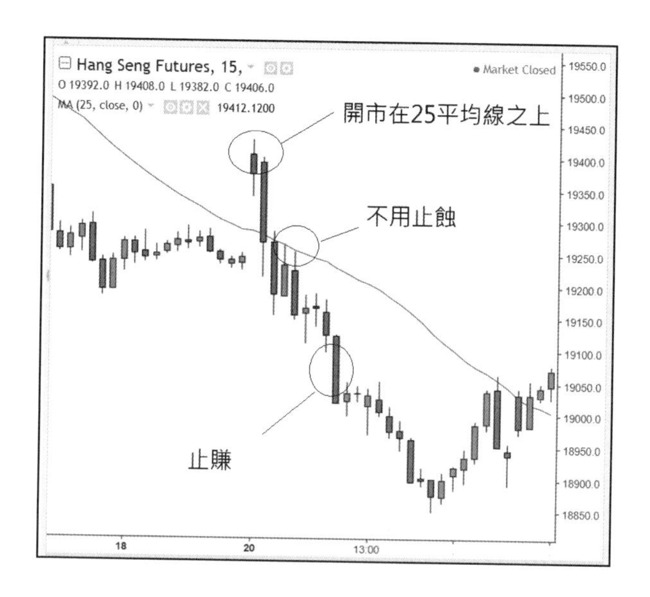


在 9:30am 期指已跌穿 25 日平均線，其後雖然在 9:45am 出現反彈至 25 日平均線之上，但期指價格與 25 日平均線的距離顯示無須止蝕，然後到了大約 11:15am 便可止賺離場。

平均線其實可以很好用，平均線的策略可以很簡單，但簡單不代表沒用，反而在真實炒賣時可能更有用、更容易執行。越簡單的方法在真實炒時才能培養紀律，這也是筆者自己在別人的交易故事中學到的事情。

平均線不單適合用在短炒期指，也適合用在尾市買股票之上，而且方法的準確程度也很高，用法簡單，只要有紀律，同樣能累積回報。有關如何用平均線判斷尾市買入股票的時機，我們會在下一篇再討論。

# 平均線其實很好用（二）

學技術分析的人，都應該聽過葛蘭碧八大法則，若果不懂上網也很容易找到。道理很簡單易明，但就很有用，而且在運用平均線時一定要知道。只是筆者不太明白，為甚麼對很多人來說這只不過是一個普通的理論！建議初學技術分析還是要細心去學習它，因為若然懂得它的實戰用處，便會發現這是一個十分有效的出入市指標。

最多人應用的技術分析工具，移動平均線必然是首選，而葛蘭碧八大法則便是道出了短線及長線移動平均線差不多「必定」會出現的每個階段。這兩條線相互間的變化形成了好淡的趨勢訊號。

葛蘭碧八大法則的準則只要牢記上升及下跌的四個階段形態：

**上升的四個階段：**

（短期線與長期線的對比，也可以是股價與某平均線的對比，其效果是一樣的。）

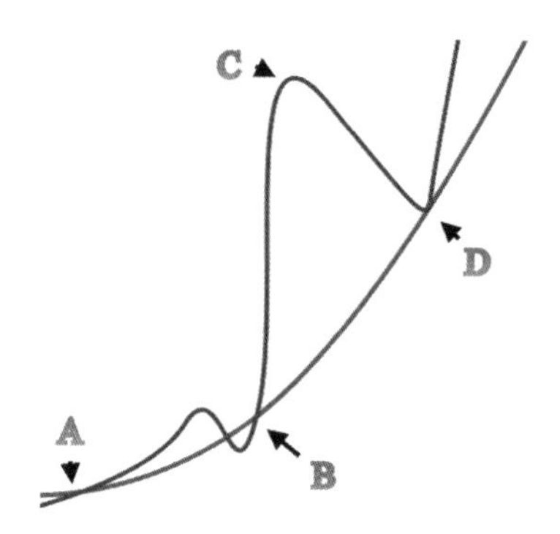


**A→** 當長期線持平或上揚時，短期線穿越向上視為一個買入訊號。

**B→** 當長期線持續上揚，短期線跌至長期線之下，然後再向上穿越長期線也是買入訊號。

**C→** 當短期線與長期線產生很大距離，短期線就有可能很快回落。

**D→** 當長期線持續上揚，短期線回落但不跌破長期線，其後再度反彈，也視為買進訊號。

**下跌的四個階段：**

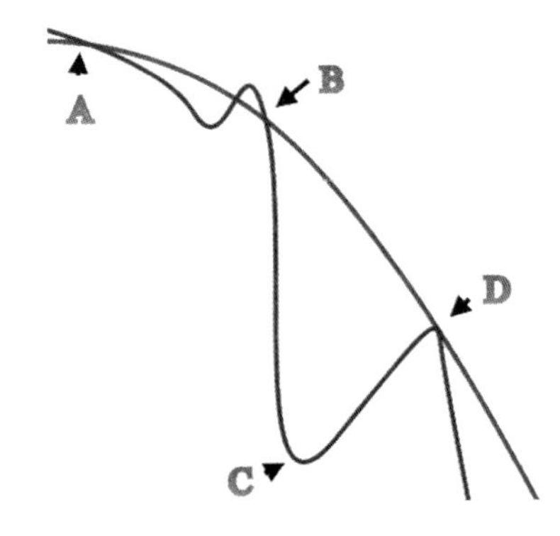


A→　當長期線持平或下跌時，短期線穿越向下，視為一個賣出訊號。

B→　當長期線持續下跌，短期線回升長期線之上，然後再向下穿越長期線為賣出訊號。

C→　當短期線與長期線產生很大距離，短期線有可能很快反彈。

D→　當長期線持續下跌，短期線回升但不穿越長期線，其後再度下跌，可視為賣出訊號。

用平均線時，很多人就只集中留意短期線何時穿越長期線，例如 5 日平均線升穿 20 日平線就當作買入訊號，跌穿便視為賣出訊號。但若大家細心留意，在上升的四個階段裡，B 點的要點是「當長期線持續上揚，短期線跌至長期線之下，然後再向上穿越長期線為買入訊號。」這裡便曾出現短期線跌穿長期線，但卻並非賣出訊號。

同樣地，在下跌的四個階段裡，B 點是指「當長期線持續下跌，短期線回升長期線之上，然後再向下穿越長期線為賣出訊號。」這裡也出現短期線升穿長期線，但卻並非一個買入訊號。

真正最先要分辨的，其實是當時究竟處於葛蘭碧八大法則裡的上升四個階段，還是下跌的四個階段。

但這是最多人覺得混亂的。若大家細心再閱讀八大法則便會知道，上升的四個階段裡，首先要求便是長期線的走勢是「持平」或「持續向上」，而下跌的四個階段裡，同樣地首要要求是長期線的走勢是「持平」或「持續向下」。

就是「持平」這個字眼會讓很多人有點混淆，但用平均線就能解決這個問題。平均線是向橫移動的就算是「持平」，平均線是向上移動的，就是上升趨勢，而向下移動的，就是下跌趨勢。

若平均線在向上移動，在葛蘭碧八大法則是上升階段，當到了 C 的階段並準備進入 D 階段的時間，就是買入股票的機會。

其實很多人會用這個方法來分析股票，特別會用於日線圖。但筆者指的並不是這種，而是用在即市圖表上。如果用一個即市圖表判斷到股價是葛蘭碧八大法的上升階段，一般會在接近尾市出現由 C 階段進入 D 階段的時間，在尾市看到這些情況便買入，然後翌日裂口高開的機會很大，可以開市就立即沽出獲利。

平均線確實很好用，這句話一點也不假，除了以上介紹的兩種應用方法外，還有其他的。大家應聽過 250 日平均線，它又叫做牛熊線。很多人的用法就是股價升穿 250 日平均線或跌穿 250 平均線就去界定市況好壞，但這方法是錯誤的。或許很久以前曾經十分準確，因為一年裡接近有 250 個交易日，故此 250 日平均線可以視為牛熊的分界線，但越來越多人認同這一點的時候，方法便變得失效了！

有時候有一些較短線的平均線是會有一個「自然傾向」的，較短線的平均線會逐漸與 250 日平均線越來越接近。例如 200 日平均線就是如此，200 日平均線與 250 日平均線相差了 50 個交易日，這 50 個交易日裡，期指可以上升數百點，甚至數千點。但就是因為大家也將 250 日平均線視為牛熊分界線，大家也將注意力放在這之上，令其他平均線也有一個「自然傾向」向 250 日平均線進發。大家可能會想，這種想法從來沒人說過，真的會這樣嗎？

其實這個概念大家很多時也可以感受得到，價格總會上升或下跌至大家都關注的水平，比如寫這書時恆指是 20,000 點左右，各報章雜誌、機構投資者、散戶都說，若恆指跌至 19,500 點便是最佳的買入機會。所謂的原因可以是港股市盈率已超低、外圍再跌必定有政府救市等消息，市場上討論的話題變成「阿里巴巴 6 ＋ 1 ＋ N 會令估值上升」、「匯控派息後必定反彈」等等，這時你也可能被氣氛所感染，也計劃在 19,500 點便買貨。

市場便是有一個特性，當大家都將注意力放在某水平時，價格總會跌至該水平。若大家在恆指處於 20,000 點時，都計劃在 19,500 點買貨，那恆指跌至 19,500 點的機會便很高很高，其後是否真的「抵買」這不能確認，因為跌至 19,500 點後市況也可能再出現變化。但既然我們明白市場有這特性，那何不在 20,000 點時便造淡？還管它在 19,500 點某某股票是否「抵買」幹甚麼？

說出這個市場特性，便是因為 250 日平均線也有這種特性，當價格已看似接近 250 日平均線時，總會有逐漸升至 250 日平均線的傾向。由高位跌至接近 250 日平均線，便很大機會進一步跌至該水平，又或由低位上升至接近 250 日平均線，也很大機會進一步升至該線。

至於何時才算「看似接近 250 日平均線」，這大多是價格升穿或跌穿 200 日平均線之時。這時大家也逐漸將注意力投放在牛熊分界線之上，價格由低位回升，很可能很多散戶也在期待在 250 日平均線水平造淡，價格由高位回落，又很可能計劃在 250 日平均線水平買貨。

同樣，既然我們明白「當大家都將注意力放在某水平時，價格總會跌至該水平」的市場特性，那何不在升穿 200 日平均線後造好，直至價格升至 250 日平均線才獲利平倉，又或價格跌穿 200 日平均線時造淡，待價格跌至 250 日平均線時才平倉。

不過，應用這個方法有一個大前提，便是若然計劃造好，價格由低位回升，並升穿 200 日平均線，則 250 日平均線必須比 200 日平均線更高，條件才成立。同樣地，價格由高位回落，並跌穿 200 日平均線，那 250 日平均線必須比 200，日平均線更低，才合符造淡的原則。而且最好留意市場的消息、報章的報導等，當大家的注意力及話題等開始集中在 250 日平均線之上時，贏面便更高！

不過運用這方法時大家要留意一點，若價格由高位跌穿 200 日平均線，則大多會先反彈才再向 250 日平均線進發，這是與散戶傾向買貨多於造淡的習慣有關，越低越有人覺得「抵買」，總會有人想率先入市買貨，故此運用此方法造淡則最好等反彈後才入市。但若運用這方法造好，則價格升穿 200 日平均線後，最大的機會是先整固，而非大幅度調整，整固後很快便會向 250 日平均線進發，這是造好與造淡的最大不同之處。

# Relative Vigor Index（RVI）其實好用過 RSI

RSI 應該很多人都聽過又用過，但 RVI 就可能很多人也未聽過。筆者自己也有一段尋找「絕世指標」的過程，每個人學習技術分析也是這樣，總認為有一個指標可以令你賺更多錢。在這個過程中，你會吸收了更多的經驗，例如當你看到一些新指標時，你會開始留意它的公式，及發明者究竟是「亂咁來」，還是真的有一個概念和想法才會設計出這個指標。

RVI 的全名是 Relative Vigor Index，RSI 的全名就叫 Relative Strength Index。由於 Vigor 的中文為活力，所以 RVI 的中文名就叫做「相對活力指數」，第一次聽到這個名時有點覺得好笑，以為是用作評估運動員表現的指數。相對上，RSI 的中文名叫「相對強弱指數」較似適合用作炒股。

發明 RVI 的人叫 Donald Dorsey。他有一個概念，就是升市中應該收市價高於開市價的日子會較多，而在跌市中則應該收市價低於開市價的日子較多。但若升市中出現不同的現象，收市價反而多日都低於開市價，那可能升勢已經完結。而跌市中又出現收市價高於開市價的情況較多，則可能市況很快出現反彈。

當時剛好自己就在研究，會不會在一個升市中連續多少日出現陰燭就代表了市況會逆轉？又或一隻股票在下跌多時後，若連續多日出現陽燭，會否又代表了即將反彈？甚至在低位先連續出現幾枝陽燭，然後又陰又陽，好像在低位整固一樣，其實是蘊釀反彈呢？自己就一直在研究這些陰燭及陽燭的排列，看看對預測市況的走勢有沒有啟示，而剛好接觸到 RVI 這個指標，概念又好像有點接近，故此便深入研究一下。

RVI 的計算有點「煩」，但其實過程也不算複雜，一般人也會看得懂，並沒有太深奧難懂的公式。

**計算 RVI 的方法如下：**

a = Close - Open

b = (Close - Open) of Last Day

c = (Close - Open) of Two Days Ago

d = (Close - Open) of Three Days Ago

e = High - Low

f = (High - Low) of Last Day

g = (High - Low) of Two Days Ago

h = (High - Low) of Three Days Ago

NUMERATOR = [a + (2×b) + (2×c) + d]÷6

DENOMINATOR = [e + (2×f) + (2×g) + h]÷6

RVI = SMA of DENOMINATOR for N periods /SMA of

NUMERATOR for N periods

i = RVI Value of Last Day

j = RVI Value of Two Days Ago

k = RVI Value of Three Days Ago

Signal Lin = [RVI + (2×i) + (2×j) + k]÷6

其實公式是在比較最近幾天的「收市價 - 開市價」的加權平均數，然後又與最近幾天的「最高價 - 最低價」的加權平均數做比較，繼而再計算出平均值，就是一直在計平均值，這樣做應是讓指標的數值不會太波動，剔除一些不合理的情況。

但自己就在想：「收市價 - 開市價」與「最高價 - 最低價」究竟有甚麼好比較？用意是甚麼？

升市及跌市總是會循環發生，升市時波幅會擴大，最高價與最低價的差距也會增加，因為入市的人越來越多。然後波幅收窄，代表入市的人減少，最高價與最低的差距也會減少，逐漸就會由升市變為跌市。再然後又是波幅擴大再收窄，令升市及跌市不斷循環。

而 RVI 的原理應是要比較波幅擴大時究竟收市價大多高於開市價，還是收市價大部分低於開市價？若屬前者，那便代表了確認升市。而當波幅收窄時，若由開市價高於收市價的日子較多，變為收市價低於開市價的日子更多，則有可能由升市變為跌市。

當時，自己就是因為想到 RVI 的這個原理而產生興趣，不過有關 RVI 的用法，絕對大數都是指 RVI 有兩條線，短線及長線，短線升穿長線為買入訊號，短線跌穿長線為賣出訊號，也有人喜歡將 RVI 當作 RSI 一樣用做背馳的訊號。

但學習技術分析，就是「自己的用法自己想」，大部分人都在用的方法都很大機會是沒有效用的。

首先，RVI 的短線升穿長線就當買入訊號，以及短線跌穿長線就當賣出訊號這一招肯定「唔 Work」的。

若果用 RVI 來炒股，自己研究到的是：如果 RVI 的短線與長線都同時在零以下代表市況其實很弱，但兩條線都逐漸升穿零，則會是升勢的開始，這種買入訊號才會較可信。而 RVI 的短線與長線都在零以上，也是市況很強的訊號，不過若兩條線都逐漸跌穿零，則會是跌浪的開始。

在升浪或跌浪的開市便入市，潛在回報就會較高，這一招自己就最愛用來炒一些大型科技股，蘋果（US:AAPL）與 Microsoft（US:MSFT）都炒過好多次。如下圖可以看到 RVI 兩條線跌穿零後可以先沽，獲利後大約兩至三個星期又會有第二次機會，RVI 的兩條線又會再同時升穿零。

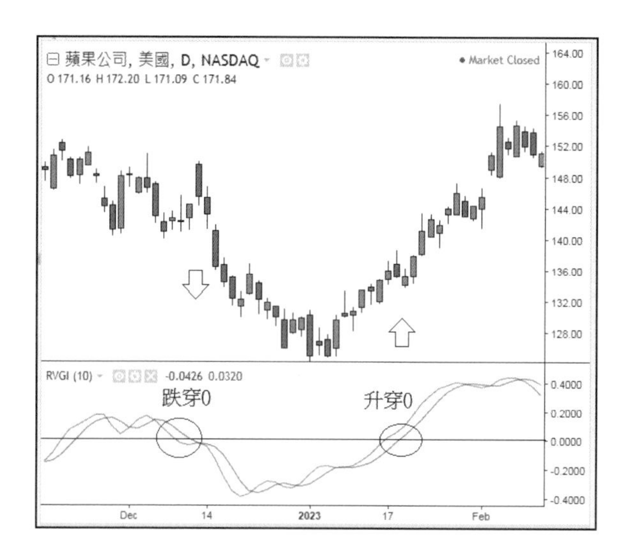


除了以上的方法，另一個方法就是用來短炒的，但用這套方法入市，持貨只會兩至三個交易日，若貪心持過多個三個交易日就會有風險。

RVI 的短線升穿長線，大家會發現其實很多時候見到這種情況股價都未必會升，反而更大機會會跌。而短線跌穿長線，股價會都未必會下跌，反而會較大機會上升。

而在這些情況下，若兩條線都在零以上或兩條線都在零以下時又特別明顯，意思是，如果 RVI 的短線及長線都在零之上，然後在零之上發生短線「跌穿」長線反而應該買升。相反，如果 RVI 的短線及長線都在零之下，但在零之下卻發生短線「升穿」長線反而應買跌。

其實有這種情況是因為市場大部分時間都是「上落市」，真正單邊升市及單邊跌市的機會較少，所以訊號經常都會相反。RVI 的兩條都在零線上其實代表了市底都夠強，若出現短線跌穿長線，反而只是升浪的調整，應該要買，而不是沽。

**可以看一下以下的例子：**

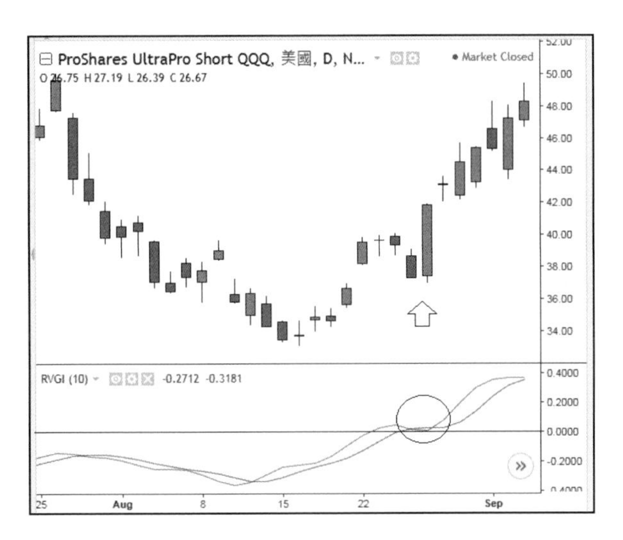

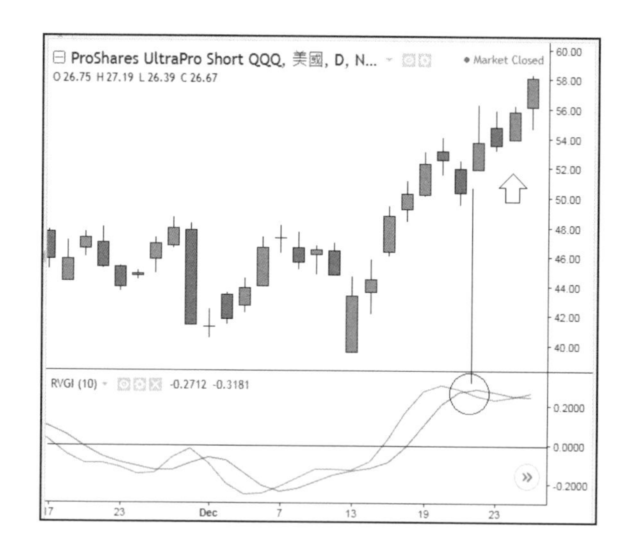


不過，遇上單邊升市或單邊跌市，這種入市方法就會輸，所以筆者用這套方法只會持貨兩至三日，就是要避開單邊升市或跌市突然出現令虧損大。由於持貨的時間太短，若只做股票利潤會較少，所以用這套方法會習慣炒槓桿 ETF，最好就是波動最大的納指槓桿 ETF。

在這書中已說過很多次，學習技術分析就是要對不同的市場及產品也有認識，有些交易方法會特別適合港股或美股，但有些方法則適合炒期指或槓桿 ETF，甚麼產品都懂才會懂得怎樣去運用。

納指的槓桿 ETF 名稱叫 TQQQ 及 SQQQ，前者是買納指升，後者是買納指跌。這些 ETF 的成交量都十分十分之大，但要買跌未必一定要買 SQQQ，可以沽空 TQQQ 也等同買跌。同樣要買升也不一定要買 TQQQ，沽空 SQQQ 也可以。

兩隻的股價其實差不多，筆者習慣哪一隻便宜就買那一隻。TQQQ 與 SQQQ 同樣追蹤納斯達克 100 指數，但卻是「3 倍追蹤」。意思是當蹤的納斯達克 100 指數上升 1%，它便會上升 3%。

TQQQ 是由 Proshares 公司發行，該公司同時也有發行看淡納斯達克 100 指數的 ETF，代號為 SQQQ，同樣也是「3 倍追蹤」，當納斯達克 100 指數下跌時，SQQQ 的股價便會上升，納斯達克 100 指數下跌 1%，SQQQ 會上升 3%。有槓桿的好處就是散戶要以小博大，也不用再借孖展炒，直接買 TQQQ 及 SQQQ 已有槓桿效果。

而用以上 RVI 的短炒方法，用作炒 TQQQ 及 SQQQ 的效果就最好。筆者自己也試過用這套方法炒美期及港期，但好像效果真的不及炒 TQQQ 及 SQQQ 好，原因可能是炒 TQQQ 及 SQQQ 是散戶較多，而期指會有大戶造市的問題。但既然炒 TQQQ 及 SQQQ 會較好也沒有多大問題，反正任何產品都可以炒，重點只是勝算有多少。

兩個 RVI 的用法都是筆者自己研究出來的，「自己的炒法自己想」這個是學習技術分析的首要宗旨，但想的過程可以參考別人的心得，可能會突然有一些新靈感，對設計交易策略有所幫助。

# Aroon 指標選股

要用指標選股，其實自己真的試過很多方法，但要像 Mark Minervini 所指、在正確的時間入市就真的很難。你用 MACD 會發現兩線相交的入市訊號出現時，股價肯定已升了很多。若你用 RSI，跌至超賣區才買入，股價又可能再跌得更多。其餘的指標也是差不多，就是成效不大。

但比較過不同的指標後，筆者覺得用 Aroon 指標比較好。不過要再強調一下，這個世界沒有「絕世指標」，我只是說比較好用，而不是用了這個指標就必賺。

其實 Aroon 指標最初筆者叫它做「郭富城指標」，因為 Aroon 同 Aaron 讀音差不多，但其後發現，原來又真的有一班炒家是與自己一樣這樣稱呼這個指標的，當然名字叫甚麼並不重要，用法才是真正的重點。

Aroon 指標算是一個較冷門的指標，但間中都會看到有人用。第一次看到這個指標是因為有台灣的炒家在討論，然後有人說 Aroon 是梵文詞語，意思是黎明第一道光。雖然不知道這跟指標有甚麼關係，但發明 Aroon 指標的人其實大有來頭，發明者叫 Tushar Chande，1995 年他寫過一本書介紹這個指標。

當時他認為這個指標可以顯示一個新趨勢的開始，可能因此名為黎明第一道光，指標的計算都不算是太複雜，至少自己第一次看時便明白，與其他很多技術指標相比算是簡單。

計算指標要先設定一個周期，可以是 14 日、20 日、25 日等。

然後 Aroon 指標有三條線，分別是 Aroon Up、Aroon Down 及 Aroon Osc。

$$\text{Aroon Up} = \frac{\text{計算周期的日數} - \text{最高價後的日數}}{\text{計算周期的日數}} \times 100$$

$$\text{Aroon Down} = \frac{\text{計算周期的日數} - \text{最低價後的日數}}{\text{計算周期的日數}} \times 100$$

$$\text{Aroon Osc} = \text{Aroon Up} - \text{Aroon Down}$$

看到公式如果不明白，可以看看以下計算例子：如果計算周期是 14 日，但今日股價創新高，最高價後的日數就是 0，而 Aroon Up 就等於（14 - 0）÷14×100 %，如果 5 日前股價已創了新高，Aroon Up 就等於（14 - 5）÷14×100%。

很多人用 Aroon 指標會同時觀察三條線，包括 Aroon Up、Aroon Down 及 Aroon Osc。Aroon Up 及 Aroon Down 的數值必定是在 0 至 100 之內的。當 Aroon Up 的數值升到 100

就是很強的升市，Aroon Up 如果一直維持在 70 至 99 之間，也屬於升市，而且都算是力度很強的升市。但若 Aroon Up 跌至零時，代表升市很弱很弱，即使在 0 至 30 之間也代表了買盤很少，升市根本隨時會逆轉。

另外，當 Aroon Down 的數值升至 100 就是很強的跌市。Aroon Down 的數值在 70 至 99 之間也屬於力度強的跌市，用法與 Aroon Up 差不多。

不過，若 Aroon Up 的數值跌至 50 以下就是升市的力度減弱，若 Aroon Down 的數值跌至 50 以下則是跌市的力度減弱。

此外，Aroon Up 升穿 Aroon Down 就是升市開始，而 Aroon Down 升穿 Aroon Up 則是跌市開始。至於 Aroon Osc 就是看升市的力度較強還是跌市的力度較強，數值越大就是升市強，越小就是跌市強。

用法其實很簡單，但在這書中已講過很多次，技術指標的用法就是要自創。首先是 Aroon 指標的計算周期，最多人用的是 25 日，但筆者就喜歡用 14。

Aroon 指標最有參考價值的用法是 Aroon Up 升穿 Aroon Down 就是升市開始，而 Aroon Down 升穿 Aroon Up 則是跌市開始，但筆者發現升穿及跌穿的過程反而才是重點。

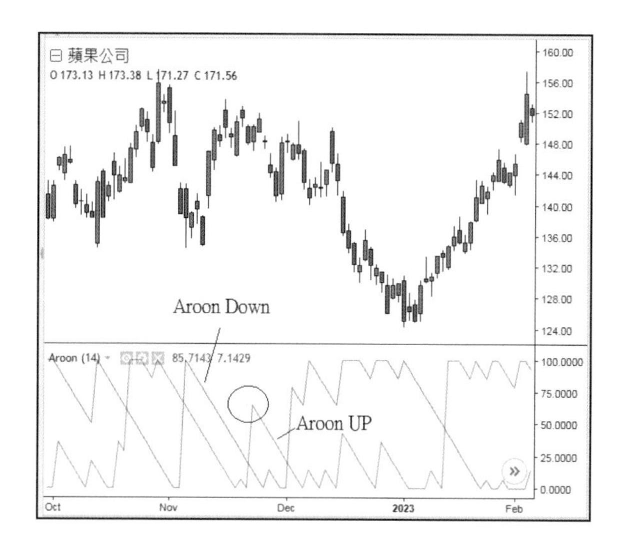


看看上圖，Aroon Up 升穿 Aroon Down，但 Aroon Up 升穿後根本就沒有升至前一個 Aroon Down 的頂部，這類根本不算是突破。

**真正的突破要像以下的例子：**

圖中看到 Aroon Up 升穿 Aroon Down 後，Aroon Up 可以一直升至前一個 Aroon Down 的頂部，這樣的突破情況都是股價即將反彈的時間。在圖中看到，好像股價仍在低位，只是作了小幅度的反彈，但其實每當出現這種情況，股價上升的潛在幅度也可以很大。

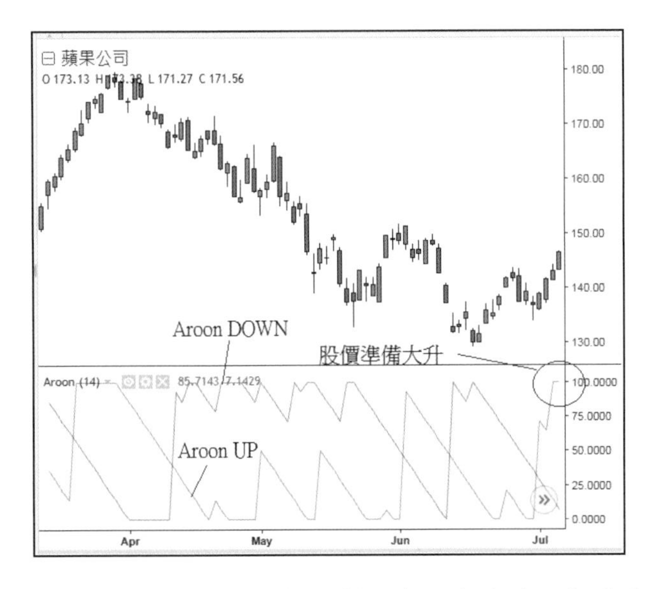


不過，它就像 VCP 形態一樣，未必次次中，但也有約六成以上會中，而且只要一中，股價的升幅可以很大。

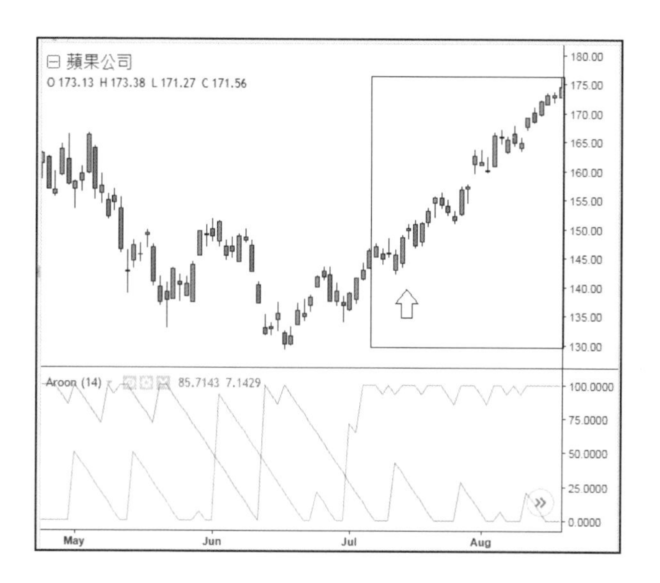


如在上圖中，Apple（US:AAPL）的股價在 2022 年 7 月 6 日 Aroon Up 升穿 Arron Down，又升至前一個 Aroon Down 的頂部後，Apple 的股價由 146.3 美元升至 8 月 17 日見 176.15 美元。

同樣的情況在 Apple 這隻股份已出現過很多次。2022 年其實是大跌市，只有在 7 月至 8 月期間出現反彈，但用 Aroon 指標照樣捕捉到反彈的機會。到了 2023 年初，納指大幅反彈，Apple 又再出現一次同樣的買入訊號，如下圖：

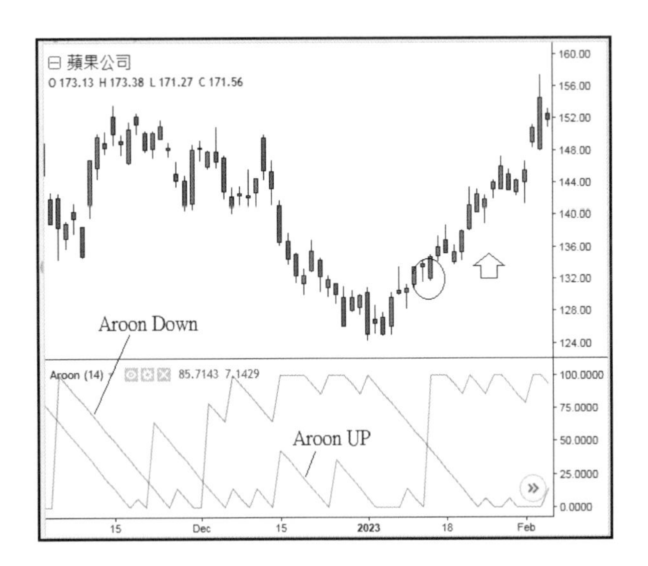


Aroon Up 升穿 Arron Down，又升至前一個 Aroon Down 的頂部後，筆者自己就在 2023 年 1 月 12 日以 134.7 美元買入 200 股，大約用了 21 萬港幣左右，然後持貨只有兩星期，Apple 的股價在 2 月 3 日就升至 157.38 美元，當時大約獲利 35,000 多元。當時是用 IB 買，佣金大約 2 美元。

可以看到，用這個方法是比較容易捉到股價即將爆上的時間，不過這仍不夠的，因為中的機會只有五成，所以要訂一個很好的止蝕方法才能有效。

Mark Minervini 說過，獲利時的幅度必定要比虧損時的幅度大！

自己就試過，既然 Aroon Up 升穿 Aroon Down 就買入，那若 Aroon Up 跌穿 Aroon Down 就止蝕不就可以了嗎？結果證實這樣做若不中時會輸很多，贏輸的金額可能會十分接近，而方法只有五成中，那長期炒就等如「白做」。

當然也試過加其他技術指標看看有沒有好的效果，但發現如果將其他指標與 Aroon 指標一起用反而效果會更差，例如 MACD，根本兩個指標的訊號出現時間相差很遠，加在一起使用時就會越來越混亂。

最後自己發現，Aroon Up 升穿 Arron Down，又升至前一個 Aroon Down 的頂部後是買入訊號，但出現這種情況也有可能是錯的，在過去錯的情況都有一個特徵，Aroon Up 的數值會連續三日或更多日都在下降。

比如，Aroon Up 升穿 Arron Down，又升至前一個 Aroon Down 的頂部後，Aroon Up 的數值是 80，到下一日可以回落至 75，但通常回落一日又會上升，比如再上升至 86。然後 Aroon Up 一直會跌一日升幾日，跌一日又升幾日，整個升浪的過程就是如此。

不過，若 Aroon Up 的數升連續三日下降，就是升浪已完結。例如 Aroon Up 在今日升至 80，其後翌日跌至 75，然後再下一日又跌至 73，再下一日又再跌至 68，到了第三日連續下跌就要止蝕。

**若仍然不明白可看看下圖：**

圖中可看到 Aroon Up 升穿 Aroon Down，又升至前一個 Aroon Down 的頂部後。筆者自己在 2022 年 10 月 21 日以 147.2 美元買入，但持續只有數個交易日，然後在 10 月 31 日、11 月 1 日、11 月 2 日，Aroon Up 連續三日回落便立即止蝕。當時沽出的價位大約是 145.03 美元。但最重要的是，用這個止蝕方法根本輸得不多，當時只是買了 200 股，大約輸 3,385 港元。

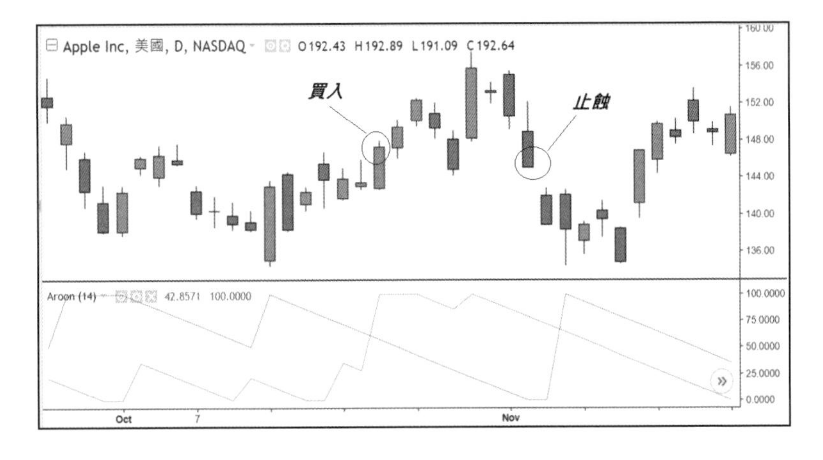


而同一樣的金額在 2022 年 7 月及 2023 年 1 月買入 Apple 卻分別賺了 46,000 左右及 35,000 多港元。

賺時賺得多，輸時輸得少，這個方法就能達到自己的要求，壞處是入市機會其實不多。但 Mark Minervini 其實也有強調，即使是好的股票也不是經常有適合買入的時間，必須在正確的時間買入才有用。

另外，想講一下用這套方法的心得。筆者確實用這套方法賺過錢，而且也開始越用越順，這套方法的優點是輸錢時能走得快，雖然能走得快，但你會感覺很氣憤！因為入市的訊號不多，當你輸了，即使輸得不多，你也會很想快點有另一個入市訊號，但用這套方法就會「有排等」。

而且，當有訊號時又會不止一隻股份出現，可能 Apple 出現訊號後，很快又到 Tesla（US:TSLA），然後又到 Microsoft（US:MSFT），甚至幾隻股份同時出買入訊號，若資金不夠便要在它們之中選一至兩隻來買入。在這個時候，就會選波幅較大的股份，因為獲利時的幅度會更大。如 Tesla 及 Apple 同時出現買入訊號，就會選 Tesla。

此外，這套方法用在美股上會較有效，為甚麼會這樣其實筆者也不清楚，但長時間用這方法後，賺錢次數最多的就是炒美股。

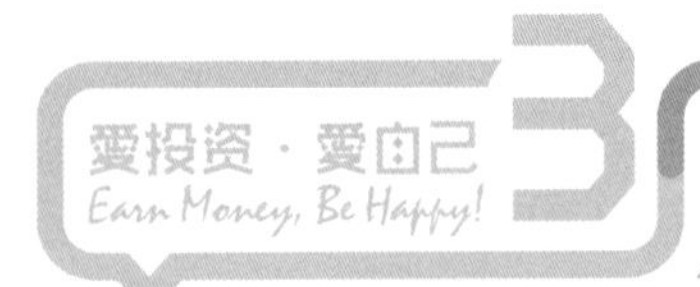


# 簡單就是最好的方法
# 學懂用星期五法則

自從開始炒股之後，看書的時間就多了很多，最初是看一些學習投資的書籍，然後逐漸喜歡看一些著名炒家的自傳等。其實市場上各家有各法，沒有一套方法是最好的，多吸收別人的意見才會有進步。

筆者看過一本書籍，是一位名叫Hochheimer的炒家所著。當年他在美林證券的期貨部門工作那時期貨部門工作其實不容易，因未必所有的買賣盤都由電腦執行。大家見到穿著藍色制服的交易員，每一個都「聲大大」，而且臉相兇狠，那些就是期貨交易員，因為期貨的變動比股票更快，要在場內爭取最好的價格成交就要十分霸道，而且手腳要快。

當然，用電腦交易開始流行後，這些交易員已幾近絕跡。但直至今天仍然有不少交易員會說，若你做過場內的交易員，那才真正會懂得去感受市場的氣氛來交易，這些經驗是坐在電腦前無法累積的。

Hochheimer 喜歡留意場內交易員的習慣，「身手矯健」的交易員經常利用一切可用的資訊和市場專業知識，藉著操作謀取利潤。

其實場內交易員分三種，有一種叫做「做市商」，另一種就是經紀。做市商主要提供流動性，意思是有人要買他便賣貨給你，有人要賣他也願意接貨，當然他在賺差價，但有了做市商市場就更容易交易。

而經紀則負責撮合成交，在期貨市場的世界，這些人每個人一日可以撮合平均高達 2,000 張合約，市場升跌對他們來說並不是關鍵，波動率才是最重要。

Hochheimer 在書中提及，在場內交易鼎盛的時期，人頭攢動，每天在場內根本沒有方法找到地方寫東西，就連如何隔空寫字也是一門學問。

但那些擁有商業及經濟學位的人，在做場內交易員時往往會做得不怎麼樣，反而讀歷史的，又或在大學主攻語言的卻在那裡做得不錯，這一點沒有人可以解釋得到。但 Hochheimer 卻十分肯定地指出，經濟學這套東西，在期貨市場完全沒有用處，最好的交易員常常是那種沒有任何背景、但好勝心極強，並且充滿鬥心的人，而且場內交易員的「直覺」十分敏銳。

他表示，過去 FBI 曾經懷疑場內交易員有犯法行為，然後安排了「臥底」去做場內交易員，試圖找出一些線索。但可笑的是，這個臥底很快便被所有人看出是內鬼，因為場內交易員都有一種天生的特質，很容易會發現問題。

看到這裡其實筆者自己也很想試試做場內交易員，肯定會有很多東西學習得到，但可惜現在已沒有機會。

場內交易員除了做市商及經紀，還有一種是用自己資金炒作的自營交易員。Hochheimer 就是不斷強調，最值得留意的就是這類人，因為他們入市就是為了賺錢，賺不到錢就沒有生活費，所以就是希望自己逢炒必贏，有些人會叫他們做帽客（Scalper）。

帽客進行的交易都是極短線的，假設他在 4,405 點買入 50 張標普 500 指數期貨，可能他在 2 至 3 分鐘內馬上以 4,408 點的價位平倉離場。這看似難度極高，但他們就是每天也做得到。

當然，要理解他們各自的交易方法並不容易，但 Hochheimer 留意到一點十分有用處。他發現如果在某個星期五，市價創出新高，大家都不會怕在星期六或星期日會有突變，在星期五高價時仍然爭著入貨，價位創出近來高價，顯示市場信心及買意十足，下一個星期再上升的機會十分之大。反之，在星期五創出近來低價，顯示投資人士想法悲觀，未來市勢亦不會看好。

特別是那些自營交易員，在周五會更願意入市。其他人可能會想，既然他們每天也在做交易，到了周五可能會想放鬆一點，早些平倉離場然後享受周末的假期。但當市場在周五有明顯的升幅或跌幅，他們其實更想入市，賺錢比享受周末更重要，因為誰都不知道下一個很容易賺錢的機會何時來臨。

這個星期五法則，筆者自己就覺得真的很有用。簡單就是最好的方法，所有場內交易員也明白這一點，只要星期五在急升，大家都會擁進市場，然後到了下周一或周二大家便能賺錢，虧損的大多會是到了下周中的時間才想高追的場外人士。相反，若周五突然出現大跌，大家也會蜂擁入市造淡，然後等下周市場再進一步大跌而獲利。

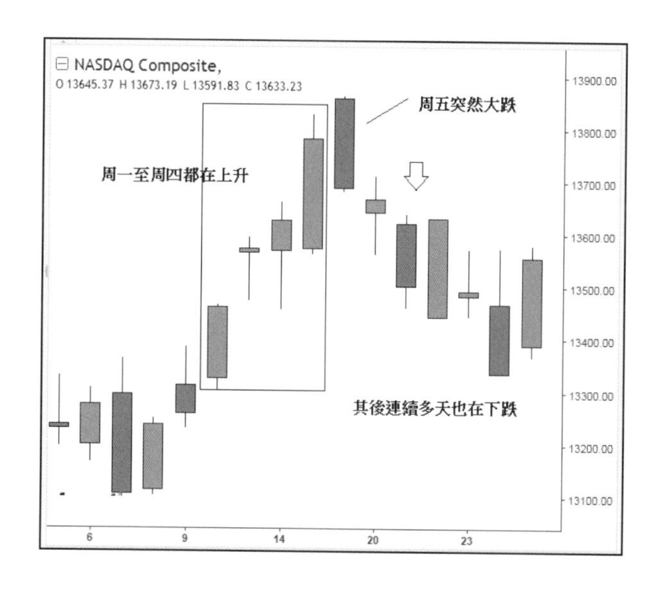

例如納指在 2023 年 6 月 16 日（星期五），那個星期其實星期一至星期四納指都在上升，但到了星期五卻突然大跌，看到這種情況所有自營交易員都會趕快在周五收市前入市造淡。其後可以看到在下周一開始，納指便不斷調整，大約由 13,642 跌至 13,334 點，下跌幅度超過 300 點。

Chapter TWO

# 指標的應用

Chapter THREE

# 陰陽燭及形態的應用

爱投资·爱自己
Earn Money, Be Happy!

# 自創的三底及三頂用法

「三頂」的英文名稱為 Triple Top，在內地有些人喜歡稱他為三重頂。它是以三個相約之高位而形成的轉勢圖表形態，通常出現在上升市況中，代表趨勢即將逆轉。而典型三頂，通常出現在一個較短的時期內及穿破支持線而形成。

## 形態的組成：

股價上升一段時間後投資者開始獲利回吐，市場在他們的沽售下從第一個頂部回落，當股價落至某一水平便吸引了一些看好後市的投資者入市。另外，之前在高位沽出的投資者也可能在低位「補倉」，於是價格又再度回升出現第二個頂部。但市場買盤卻並非十分旺盛，在股價回升至與前一高位左右又出現沽壓令股價回落，不過前一次的低位卻又提供支持。這時，再度出現第三個頂部，不過出現第三個頂部時高位的沽壓已越來越大，大家也認為經過兩次的回升也未能再創新高，後市已上升乏力，信心也比以前更弱。其後股價回落，早前低位提供的支持力也再沒有出現，走勢正式逆轉。

## 確認三頂的重要資訊：

三頂在圖表上與雙頂十分相似，只是多一個頂，很多出現雙頂的時候便被認為是沽空的訊號。但其實三頂與雙頂有一個很大的分別，那便是三頂的每個頂必定分隔得比雙頂的更遠，這是用以判斷三頂與雙頂的重要資訊。

另外，很多人認為形成三頂的時候會有兩個底部，而這兩個底部可以畫成一條水平線，讓使用者去確認價格跌穿這個水平線時才入市沽空。現實中十居其九都不會出現這種情況，我們只能比較兩個底部，看哪一個較低，然後在這個最低的底部畫出一條水平線作參考。

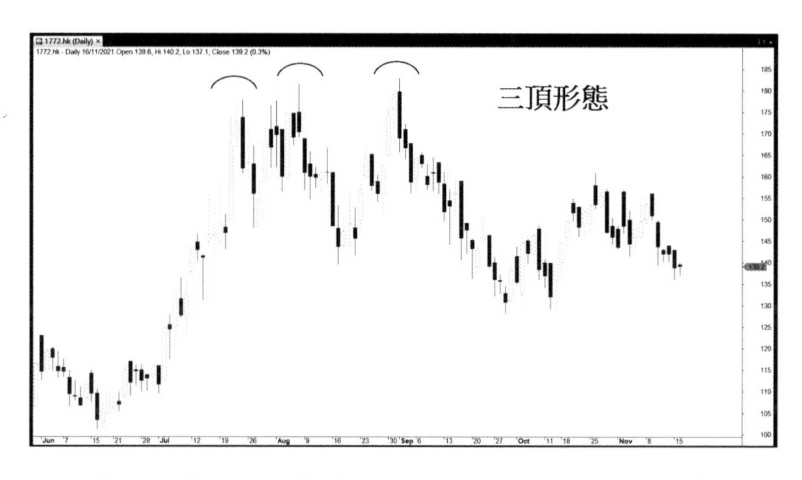


另外，「三底」的英文名稱為 Triple Bottom，形態與三頂剛好呈相反，在跌市中以三點相約的低位形成，這是走勢見底回升的訊號。

形態的組成過程是：股價最初會出現急速下跌，這時一些敢於冒險的投機人士在低位吸納，形式第一個底部，價格開始回升。不過力度卻不是太強，價格在反彈後不久又遇上沽壓。這是因為價格早前急跌之時令市場存在大量「蟹貨」，必須讓買盤逐步去消化這「蟹貨」才能真正再展升勢。結果雖然價格在低位又再回升，並出現了兩個底部，但上升的動力卻仍然不足，直至價格在低位第三次獲得支持，這時市場上的「蟹貨」已接近全被消化，而股價又再度展開強勁的升勢，令整個走勢逆轉。

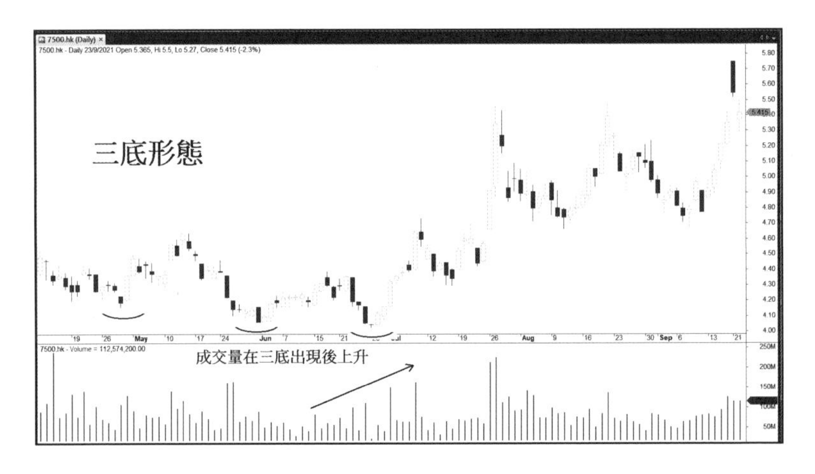


而確認三底的重要資訊則可從成交量中找到。在三底形成的過程中，成交量會逐漸減少，直至形態上出現第三個低位時，成交量便開始增加，形成一個確認三底訊號。另外，三底的形態中會有兩個頂部，這兩個頂部的最高價可畫成一條水平線，此為形態中形成的阻力，只要後來價格升穿這個阻力水平，便是最佳的入市時間。

## 自創的實戰應用方法：

筆者最喜歡三頂及三底的原因是：在真實炒賣時出現的機會不多，所以只要出現其準確程度便很高。不過，若讀者們越使用短線的圖表便越難看到三頂的形態，理由是短線走勢裡連續三次上試高位也無功而回的機會甚少，很多時候都是一次，或兩次急升後價格仍未展開升勢便開始大幅度回落。但即市炒賣中其實絕不應忽略三頂或三底形態，因為只要出現，命中率可以達到七成以上，而且回報十分可觀。

**例子：**

保利協鑫（03800）在 2021 年首季曾停牌，停牌七個月後復牌便呈現強勁升勢，但當時其實沒有多少人夠膽買，因為怕會再停牌。不過自己當時就很有信心，最大原因就是看到「三底」出現。如上圖在 10 月 12 日（星期五）當日的 5 分鐘圖上便出現一個「三底」形態，整個形態佔據了全日的走勢，而真正的升浪卻在下一個交易日出現。

若在 10 月 12 日當日收市前買入，入市價約 2.98 元，下一個交易日，即 10 月 15 日（星期一），股價在開市初段已由 3.09 元急升至 3.26 元，若在 10 月 12 日便以 2.98 元買入，回報最高達 9.4%。

即市交易中，不少炒家也會忽略三頂或三底形態，理由是即市走勢太短，如觀察 5 分鐘圖表，要形成三頂或三底的可能性較低，但將兩個交易日「合併」來分析，自然能找到三頂或三底形態的出現。雖然出現的次數也會較其他形態為少，但出現後股價的「爆發力」卻很大。

# 見到 V 形就差不多賺九成

看到這篇文章的標題可能會覺得誇張，但只要你看看過去的圖表就知道我講的是事實。所以 V 形就是很多人說的 V 形反彈，或許有些人不會把 V 形反彈當作是形態分析，但管他當作是甚麼，有用的就應該要去學。

首先要講一下 V 形形態的組成。教形態分析的大多會說，V 形形態不常見，學來也沒有多大用處，只不過就是急跌後再急升，出現像 V 形的走勢。而且一個 V 形的形態很多人會說要很長時間組成，如下圖是騰訊（00700）的走勢圖，整個 V 形形態用了九個月時間組成，但出現後騰訊的股價在一個月內由 519 元急升至 767.5 元，升幅達 48%。

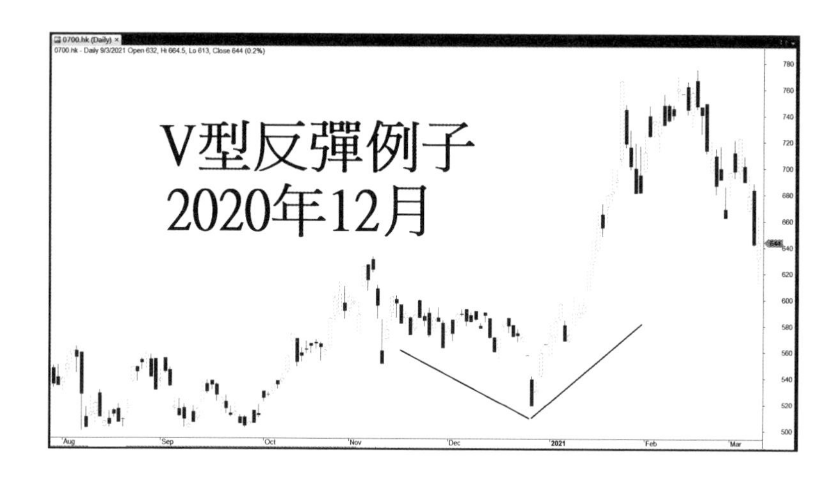

騰訊其實試過很多次出現 V 形形態，下圖的 V 形形態是在 2020 年 3 月，而第一個例子的則是 2022 年。大家可能立即想到，兩年才出現一次嗎？這叫我怎麼等？先看完整篇文章再說，我用的方法並不是這種，但卻要由基本講起大家才會明白。

若用在美股中，V 形形態的效果又怎樣？V 形反彈形態應用在美股之上也十分有效，如下圖是英偉達 Nvidia（US:NVDA），當出現「V 形反彈」形態後，股價在一個月內由 115.7 美元左右急升至最高見 162 美元，升幅達四成。

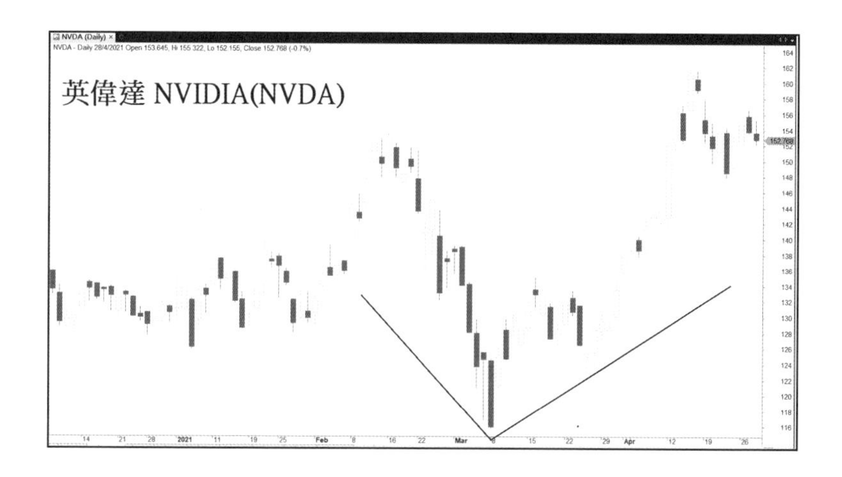


雖然一至兩年才出現這種形態一次，但可以看到股價的上升幅度不小，不過用 V 形形態最重要的是如何去確認 V 形已出現。

V 形反彈是急速回升的形態，在低位必定不會超過兩個交易日，形態上確實呈現一個「V」形，而且其後的急升很少會再回落。若急升後又再作出調整，甚至跌穿了「V」形的底部，則 V 形反彈的形態便告失效。在這情況下，切忌入市加碼攤平，應立即止蝕離場，因失效的 V 形反彈形態很可能會引發大量的沽盤，股價有機會出現一輪大幅度的急跌。

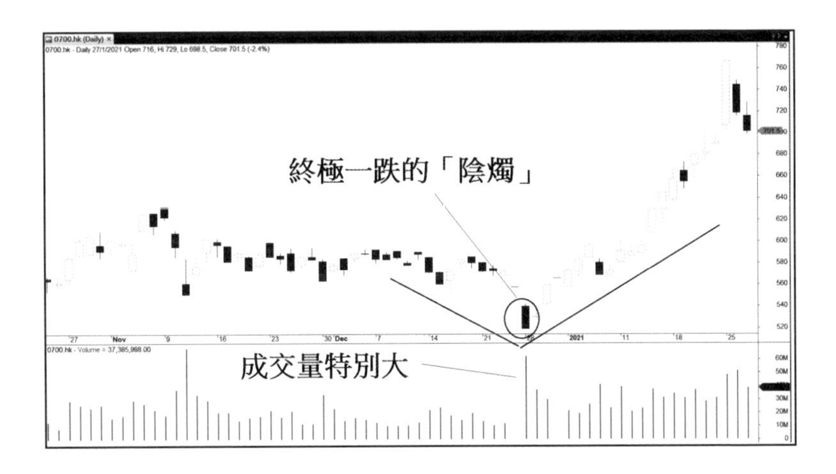


其實Ｖ形反彈可分為三個部分，首先是下跌階段，通常Ｖ形的左方跌勢會較明顯，某些時候跌浪會十分「陡峭」。但若跌浪並不太「陡峭」，要等的便是「終極一跌」，一枝比平常特別大的「陰燭」出現。

其後是轉勢點，意思是Ｖ形的底部，這個底部會十分尖銳，一般來說形成這轉勢點的時間僅一至兩個交易日，最值得留意的是，成交量在轉勢點會特別大。

若走勢上，Ｖ形反彈形態的左邊，跌浪並不「陡峭」，當出現終極一跌的大陰燭時，成交量一定特別大，只要注意到這情況便是轉勢的先兆。

其後股價逐漸回升，成交也逐漸增加，最簡單的方法便是在這階段先將一半資金入市吸納，其後到成交量再增加，代表買盤更加多時，再將另一半資金入市。

V形走勢是個轉向形態，顯示過去的趨勢已逆轉過來。要點是V形走勢在轉勢點必須有明顯成交量配合，成交量越大越好，這樣回升階段出現的可能性便會大大增加。

另外，也要留意其實也有「倒轉V形」，V形反彈是先急跌再急升，而倒轉V形自然就是先急升再急跌，倒轉V形是一個應該沽空的訊號，與V形反彈相反。

看到這裡其實你只學習了很多人也懂的V形形態的基本知識，但筆者所指的看到V形已賺九成不是指這種。

有了V形形態的基本概念，試想想若一個上升趨勢中，股價先急升再急跌，自然是倒轉V形，很多人想買。但更多人想平倉是因為這隻股票已有很多人在上升過程中累積了不少的利潤在手，所以股價再急升時就有更多人會先沽貨獲利。

理論上看到這種走勢，升浪其實已完結。很簡單，想沽貨的人越來越多，即使之後股價再逐漸上升，上升的過程也會很緩慢，是升浪走到尾段而且開始回落的徵兆。

不過，有些時候情況會突然「異變」，出現一個倒轉V形後，可以立即再出現一個「V形反彈」。這是已持貨又想沽貨的人突然改變主意為不想沽的情況，而未買的又越來越急想買，原因可能是公司有新的利好因素。無論甚麼因素，見到這種先是「倒轉 V 形」然後再出「V 形反彈」的走勢，就是很強的訊號，中的機會就真的有九成。

但請不要忘了，筆者所指是在「上升趨勢」中，先出現倒轉 V 形，再出現 V 形反彈。怎樣才算是上升趨勢？筆者會用一些簡單的方法。倒轉 V 形的形態必須在平均線之上發生，然後再出現的 V 形反彈，也必須在平均線之上完成。所謂「倒轉 V 形」必須在平均線之上發生，意思是倒轉 V 形的最頂部必須在平均線之上，而 V 形也要在平均線之上完成，意思是整個 V 形反彈完結後，股價處於平均線之上，而平均線自己就習慣用 25 日平均線。

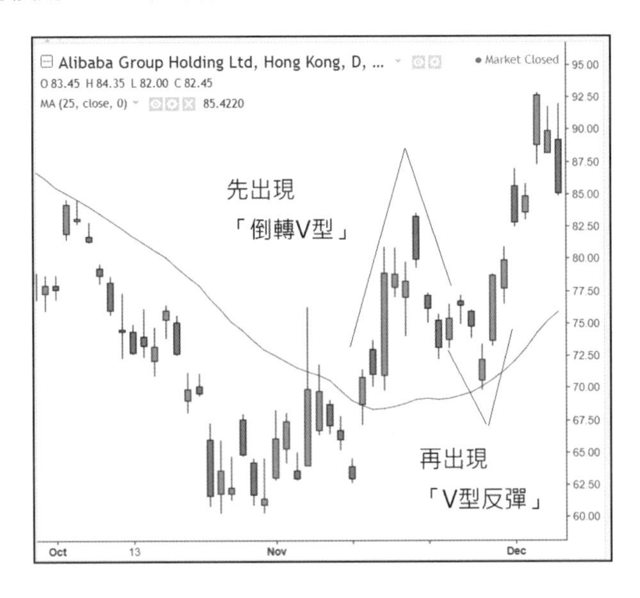

看看阿里巴巴（09988），在上圖看到的就是倒轉 V 形的形態在 25 日平均線之上發生，然後再出現的 V 形反彈也是在 25 日平均線之上完成。「倒 V」+「V」出現後，股價大多是立即反彈的，上升的機會很大，而且會升得很急。

美股也同樣適合這種方法，如上圖是 Tesla（US:TSLA）的走勢，出現「倒轉 V 形」時，最頂部在 25 日平均線之上，其後出現 V 形反彈，雖股價曾跌穿 25 日平均線，但 V 形反彈完成後，股價已重返 25 日平均線之上，「倒 V」+「V」也出現後，股價同樣升得很急。

「倒 V」+「V」的形態是筆者自創的，出現時中的機會就會很高，但必須配合平均線來運用。很多大型股份其實都經常會出現「倒V」+「V」的形態，到現在自己仍然經常在用，常應用這個策略炒作的股份就是阿里巴巴、Tesla（US:TSLA）、Microsoft（US:MSFT）、Nvidia（US:NVDA）這些熱門股份。

技術分析就是不要死背，要在實戰中自創屬於自己的用法。不同的形態也可以組合起來變成有用的策略，而且別人說沒有用的方法未必真的沒用，可能只是他不懂用，只要稍為改變一下，便可以成為很有參考價值的東西。

# 要以小博大就要用三角旗

形態分析中，筆者會特別留意三角形及旗形，主要就是用來炒牛熊、窩輪或 Option，因為可以以小博大。三角形代表了買賣雙方在較量，當中可分為上升三角形（英文名稱為 Ascending Triangle）、下降三角形（英文名稱為 Descending Triangle），以及對稱三角形（英文名稱為 Symmetrical Triangle）。

其實無論哪一種三角形都屬於整固形態，價格走勢即將作出重大變化，而三角形的出現也表示看好與看淡的人都在觀望，又或爭持激烈，直至分出勝負。

組成三角形的過程其實很簡單。當股價上升至某一水平便遇上阻力回落，但回落後時市場的購買力卻越見強勁，令股價未回至上次低點即告反彈，這情形持續使股價隨著一條阻力水平線波動逐漸收窄。若把每一個短期波動高點連接起來，可畫出一條水平阻力線；而每一個短期波動低點則可相連出另一條向上傾斜的線，這就是上升三角形。

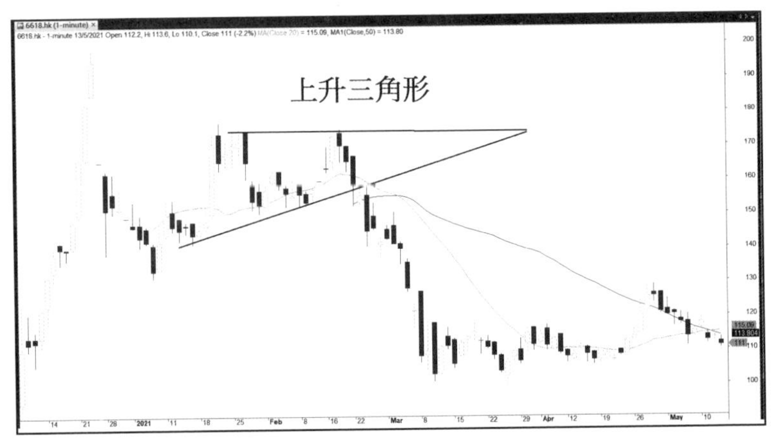


相反，下降三角形的形狀與上升三角形剛好相反。股價在某特定的水平出現強勁支持，但每當股價反彈時卻越見乏力，令反彈高位越來越低。若在出現支持的水平畫上一條直線，再將股價每一次的反彈高點連成一線，形成一條傾斜線。

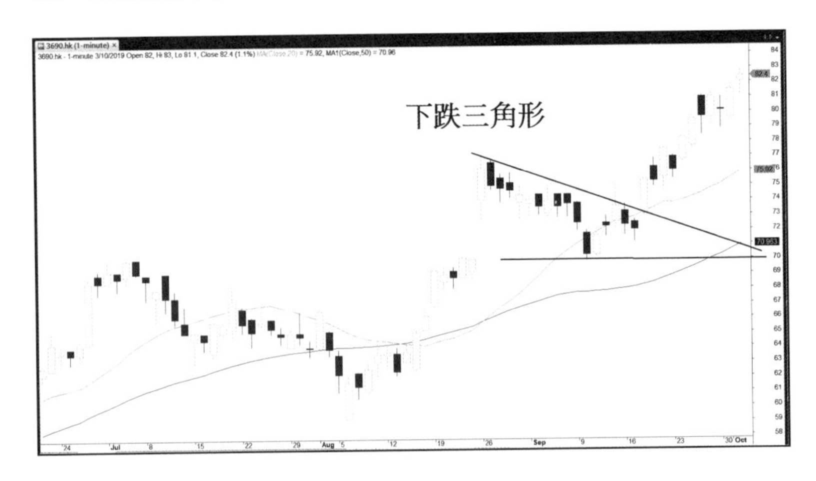

而對稱三角形則是價格變動幅度逐漸縮小，亦即每次變動的最高價，低於前次的水準，而最低價比前次水準為高，呈現一個「壓縮」圖形，其上限為向下斜線，下限則為向上傾線，把短期高點和低點，分別以直線連接起來，就可以形成一對稱的三角形。

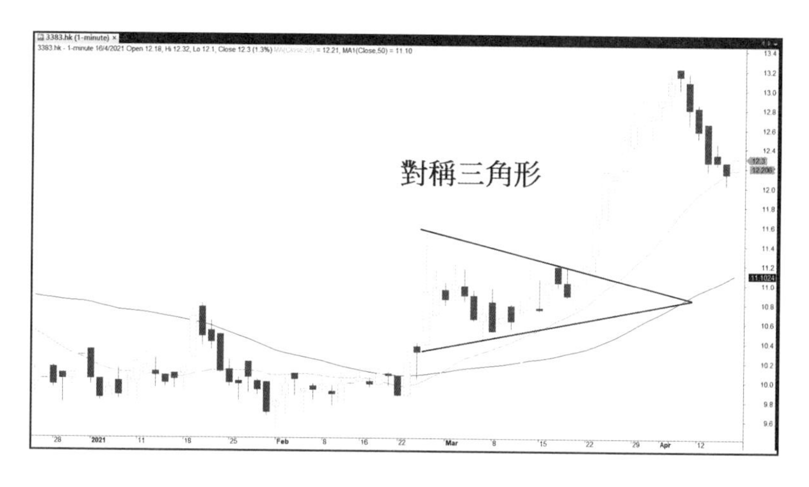


至於旗形，要留意一個旗形是有分「旗桿」及「旗幟」，這形態通常在急速而又大幅的市場波動中出現。股價經過短期波動，形成一個與原來趨勢呈相反方向傾斜的長方形，這就是旗形走勢。

旗形又可分為上升旗形和下降旗形。上升旗形是經過一輪急升後，出現價格密集區域，把這密集區域的高點和低點分別連接起來，就可以畫出二條平衡而又向下傾斜的直線，此為上升旗形。上升旗形大多數在升市「末期」出現，因此即使股價突破後上升，也要留意升市可能已進入尾聲階段。

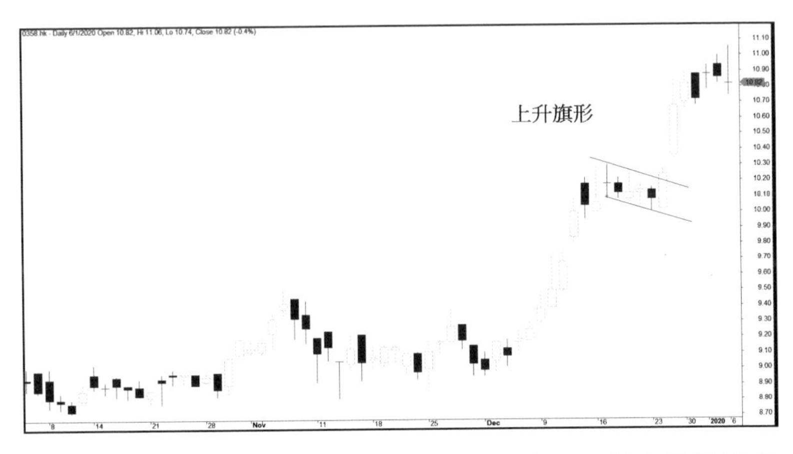


相反，下降旗形則是經過一輪急跌後，同樣出現價格密集區域，這個區域則稍微向上傾斜，則為下降旗形。下降旗形大多數在跌市初期出現，顯示大市可能垂直急速下跌。

以上的都是三角形及旗形的基本概念，但這本書已說過很多次，技術分析的用法就是要自創，而不是照跟過去用了很多年的用法。

這麼多年以來，三角形其實都很少人用來當作炒賣訊號，會用的都會說上升三角形在突破頂部水平的阻力線時，可當作買入訊號，而下降三角形在突破下部水平支持線時則屬沽出訊號。

也有人說上升三角形在突破時必須有大成交量配合，但下降三角形卻不需要。另外，對稱三角形的成交量，因價格變動越來越小而不斷遞減，正反映出好淡力量對後市猶疑不決的觀望態度，然後當股價突然跳出三角形時，成交量隨之而變大。

旗形是個整固形態，意思是整固後會繼續原來的趨勢方向移動，故此上升旗形很大機會會向上突破，而下降旗形則很大機會會往下跌破。旗形一般是經過一輪長時間上升或下跌後才會出現，突破旗形後的走勢將會是既急且短，為短炒者應把握的最佳入市訊號之一。

但這些其實都不太正確，至少自己在交易時看到的不是這樣，三角形與旗形最好是「一齊用」。

筆者自己最愛用的是下降旗形，下降旗形的旗桿就是股價急跌，跌至低位開始出現三角形就是整固。股價跌至低位開始橫行沒有多大參考價值，橫行只是沒有人再大手沽，但也沒有人願意買。要判斷開始反彈就要看是否出現三角形，而且這個三角形的「上升軌」必須由至少三枝陰陽燭組成，故此整個三角形的形成可以達十個交易日或以上，這才有足夠時間去確定走勢在低位正蘊釀反彈。

如果三角形形成的過程夠長，股價向上的機會會較大，之後的升幅也可以很大。這時候最好買入 Option 以小博大，這套方法自己就習實慣用在美股上，效果其實較好。

**如下圖便是用在 Microsoft（US:MSFT）上的例子：**

可以看到出現旗桿後再出現三角形，整個三角形用了十個交易日才完成，這種情況就向上突破的機會較大。突破三角形後 Microsoft 的股價就由 299 美元升至差不多 340 美元，升幅十分驚人，若然買入美股的周期權，十多個交易日內便能賺超過一倍。

不過，這套方法的重點，就是要記得形成三角形的時間必須要夠長，至少有十個交易日或以上。若不夠十個交易日便完成的三角形，向下突破的機會反而更大。

但無論是向上還是向下突破，由於都是突破後才入市，在三角形組成的過程中自己就會一直在觀察，卻不會貿然入市，因為「錯邊」的風險會很大。

**下圖是 Tesla 的應用例子：**

Tesla 在美股市場上的成交量向來十分之大，也甚為適合短炒。上圖可以看到當時先出現「下跌旗形」的旗桿，然後在低位組成三角形的過程只有七個交易日（不夠十個交易日），這代表了整固的力量根本不夠大。然後跌穿三角形後，股價便由 291.09 美元急跌至低見 226.67 美元，而且整個下跌過程只是六個交易日便完成。當時買入 Put Option 的回報也可以十分之高。

美股的期權可以有很多選擇，除了月期權也有周期權，故此到期日的選擇可以很多。以上的形態自己習慣會選兩星期左右便到期的期權，無論是周期權或是月期權也可以。行使價則會選較為價外的，因為這套方法，當股價突破三角形後，升幅或跌幅都會比平常為大。故此在選擇期權時，太接近現價的期權爆發力不夠，因為其槓桿會較低。

# 陰陽燭其實看兩枝燭就已可炒得好

先學形態再學陰陽燭應該是不少人學習技術分析的過程，自己也是一樣學了頭肩頂、頭肩底、雙底、雙頂等這些形態後，便有人告訴我應該要再學陰陽燭。這已是很多年前的事。

最初見到陰陽燭在網上找到很多教學，但台灣的教學其實較多，不過他們喜歡叫陰陽燭做 K 線，好像因為陰陽燭的日文名稱有一個 K 字在頭。

其實要學陰陽燭並不難，收市價高於開市價就是陽燭，然後收市價低於開市價就叫陰燭。在香港習慣了陽燭會用上綠色表示，陰燭則用上紅色，但在美股市場上則相反。

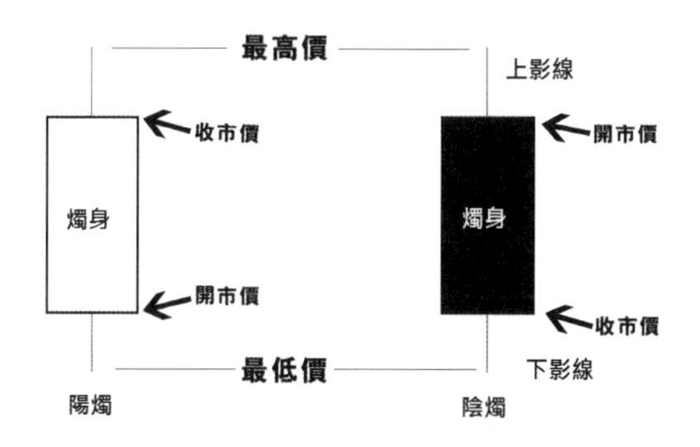

陰陽圖同時包括了「影線」，影線是最有用的部分，因為可以顯示當日的最高價及最低價。在「燭身」之上的為上影線，在「燭身」之下的為下影線。上影線越長就代表後市阻力越大，而下影線越長則代表價格越有支持。

**單獨一枝陰陽燭其實已可用以預測市況，如下圖：**

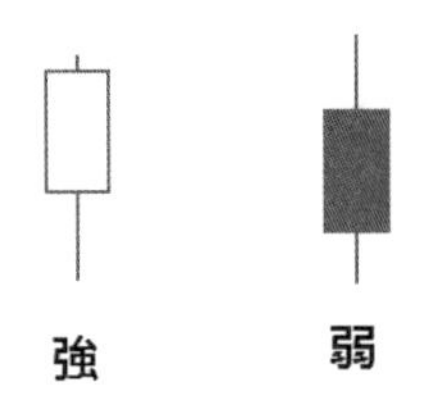


左邊的為陽燭，收市價比開市價高，除了當日股價上升，大家可看到下影線比上影線為長，代表股價跌至低位後立即有支持反彈。而右邊的為陰燭，收市價比開市價低，除了股價下跌，上影線比下影線長，也反映了股價升至高位便遇上阻力。

此外，若將連續兩至三天的陰陽燭同時分析，便可分成很多不同的組合，這些組合能用以預測市況升跌。當兩枝或三枝陰陽燭組合起來，多年來使用者為了方便分辨不同的組合，給予不同的名稱，這就是很多人常會聽到「穿頭破腳」、「早晨之星」、「黃昏之星」等名稱，但筆者認為初學者根本毋須死記，懂得由組合中分辨出市況的強弱便可以。

**如下圖：**

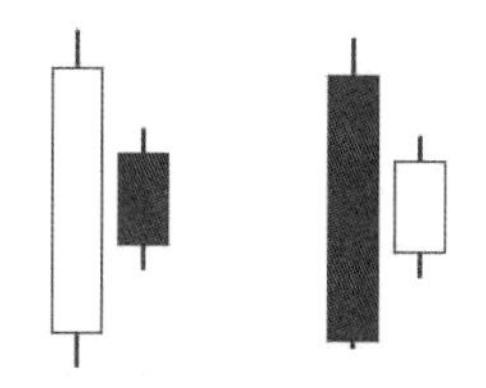

圖中兩個組合皆是由兩枝陰陽燭組成，理論上應是右邊的組合較強，因昨日下跌後，今天已出現陽燭反彈。但由於今天的最高價比上日的最高價為低，而最低價又比上日的最低價為高，整枝陰陽燭完全沒有突破上日的高低位，這種形態傳統會稱它為「身懷六甲」或「內困日」，但名稱沒有太大意思。形態上看到，由於波幅沒有擴大，反而是在收窄，這是短線走勢中一個很好的啟示。短線的升浪或跌浪都是又急又快，若在波幅擴大時才入市，升浪或跌浪其實已運行了一段時間，可信程度便較低。若像「內困日」這樣波幅收窄的情況出現，其後不是「爆上」，便是「爆落」，對短線炒家來說，回報便會更高。不過，須判斷形態是「順勢」出現，還是「逆勢」出現，否則風險也會較大。

**大家可再看下圖：**

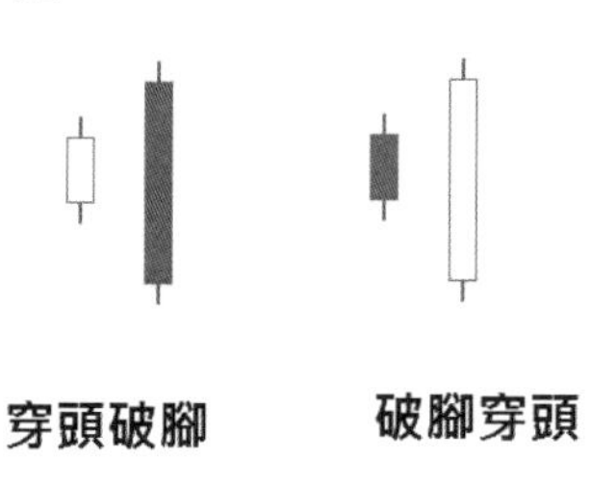

左邊的稱為「穿頭破腳」，右邊的稱為「破腳穿頭」，名稱是因為左邊的股價先升穿昨日的最高價，其後又跌穿昨日的最低價，故此先穿頭，後破腳。而右邊則相反，先跌穿上日的最低價，再升穿上日的最高價，故此稱為破腳穿頭。明顯地右邊的組合是比較強的，而最值得留意的是，股價同時升穿了昨日的最高價及最低價，代表了波幅已擴大，新的升浪或跌浪已運行一段時間。這時再入市，回報與風險的比例便不合理，故此這種形態的可信程度反而較低。

另若同時將連續三枝陰陽燭同時分析，有兩個組合是最常見的，分別是「早晨之星」及「黃昏之星」，如下圖：

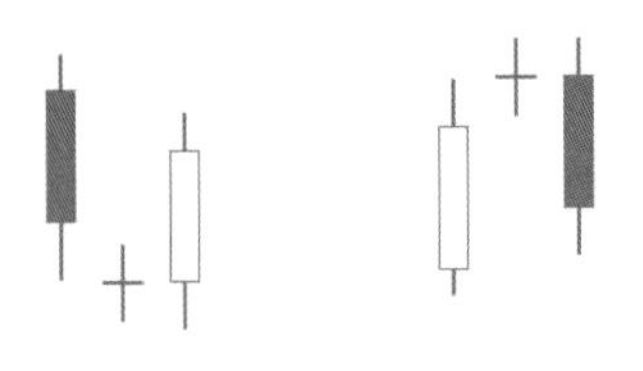

**早晨之星**　　**黃昏之星**

早晨之星是先出現陰燭，其後第二天開始跌幅收窄，出現第二枝燭身明顯較短的陰陽燭，第三天更出現一枝大陽燭，代表走勢由低位回升，這被視為很強的上升訊號。相反，黃昏之星是先上升，然後第二天升幅收窄，第三天更由高位回落出現陰燭，被視為很強的下跌訊號。

以上的都是基本的陰陽燭用法，簡單的介紹大家便已學懂，陰陽燭其實最難的部分是每個人都有不同的運用方法，不能把書本所寫的照背使用。

其實陰陽燭的組合名稱還有很多很多，筆者再強調一次，名稱是沒有意思的，如何去運用才是重點。陰陽燭看似簡單，但只要懂得運用，在交易時也十分有幫助。

自己做陰陽燭時就自行創作過不少用法，有些證實是失敗的，但有些在短炒時就很有用。師傅又教過，用陰陽燭要配合市場的波幅來分析。當一個升浪或跌浪即將出現，市場的波幅總是會先收窄的，因為想買入及想賣出都開始靜下來，想一想再進攻，大家開始對後市沒有頭緒，所以市場的波幅就會收窄。

不過，當一個升浪或跌浪展開後，市場的波幅又會擴大，然後當你看到波幅不斷再擴大，代表走勢又到了即將逆轉的時間。

這樣的分析方法用在股票上會較好，港股或美股也適用，不過用在期指上效果就差一點。

市場的波幅可以直接計算用作比較，只要細心觀察陰陽燭圖的變化也會發現，當市場波幅收窄的時間，總是會有機會連續兩天的陰陽燭組合出現「內困日」的形態，整枝陰陽燭完全沒有突破上日的高低位。

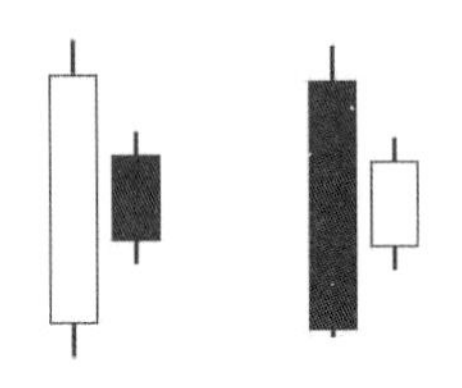

這些情況大多是市場即將展開新升浪或跌浪的時間。此外，當市場波幅擴大的時間，「內困日」出現的機會便會較小，反而出現「破腳穿頭」或「穿頭破腳」的機會較大。而出現「破腳穿頭」或「穿頭破腳」的時間，大多也是升浪或跌浪接近完結的時間。

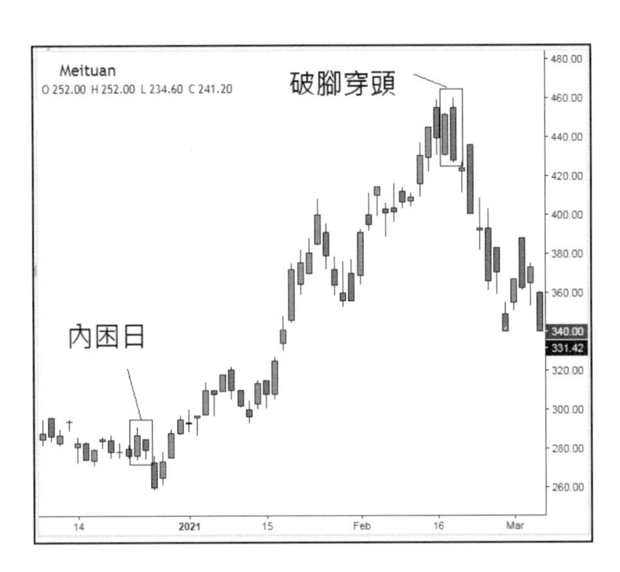


看上圖便會明白我想說甚麼。美團（03690）在圖表中可以看到「內困日」形態出現的位置正正是升浪開始的時間，然後股價開始急升，明顯地波幅在擴大，但期間一直也未見

出現「破腳穿頭」或「穿頭破腳」的形態。直至在升浪頂部開始見到一個「穿頭破腳」形態，股價就開始由高位回落。當時約由 460 元急跌至 340 元。

用陰陽燭還有一招，就是配合平均線與「齊頭位」使用。一些特定價位，如長線的平均線、「齊頭位」等，可用上影線及下影線去判斷是否出現強勁的買盤或沽盤。

所謂較長線的平均線，例如 78 日平均線，為甚麼是 78 日？這只是自己的習慣，但用了一段時間後就覺得最好用。

當某個交易日股價跌至 78 日平均線，當日的陰陽燭是明顯出現很長的「下影線」，代表股價跌至接近平均線的價位時有大量的買盤。這條下影線明顯地比之前十多個交易日的下影線更長，這代表了股價已接近見底。

又或股價跌至一些「齊頭位」，如 100、200、500 元等。由於大部分買家也喜歡在「齊頭位」附近買入，若股價跌至這些「齊頭位」時出現很長的「下影線」，也代表了有大量的買盤。

當然，應用的方法也可以在造淡的情況中。當出現很長的「上影線」便是代表有很大的沽盤，若出現很長「上影線」的日子是剛好接近長線的平均線又或「齊頭位」，後市再下跌的機會便較大。

而陰陽燭出現特別長的「上影線」或「下影線」，海外喜歡稱它為「Pin Bar」，這也是筆者最喜歡在即市交易時觀察的形態之一。

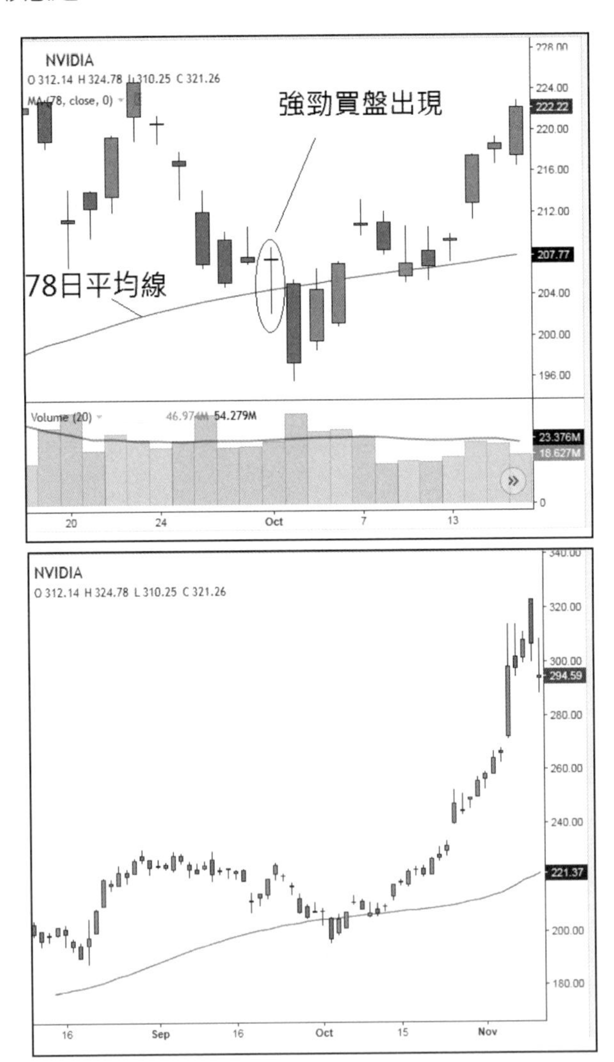

上面的圖表是美股，名叫英偉達 Nvida（US:NVDA），這是一隻在美股市場很熱門的股票，可能很多讀者都有炒過。

Nvidia 的股價在某日跌至 78 日平均線，當日的陰陽燭明顯地出現很長的「下影線」。可以看到這枝陰陽燭的「下影線」是明顯比前十多個交易日的更長，這代表了在 78 日平均線左右已有大量的買盤。其後股價便在一個交易日後出現強勁反彈，整個升浪最終升至 320 美元之上。

這招真的十分十分好用，而且很簡單。「掂」到長線平均線，又出現很長很長的下影線的話，股價第二日反彈的機會真的很大，即使第二日未發力，短期內也一定會上升。過去的經驗是用在美股之上效果又好似較好，自己就用過這套方法，炒 Tesla（US:TSLA）、Nvidia（US:NVDA）、Apple（US:AAPL）、美國航空（US:AAL）、Walmart（US:WMT）、Cisco（US:CSCO）等十多隻美股，試過炒足半年以上一次也沒輸過。

當然這不是即市交易，需要短線持倉過夜，半年大約入市二十多次，全部能賺。特別是在大牛市時，這種情況更易賺，至少你入市時是回落至平均線才買入，不會出現高追的情況，故此入市的價位大多能比別人更低，但股價上升的機會同樣很大。

學陰陽燭不難，筆者用一至兩篇文章大家已學得懂，但用法才是最重要。要有自己的一套用法，而不是死記很多的名稱。筆者自己愛留意的就只有「內困日」、「穿頭破腳」及與較長線的平均線配合運用，其他的陰陽燭形態名稱還有很多，學了多年後其實已不太記得，但這些形態根本真的用處不大，否則也不會忘記。

# 影線是最實用的陰陽燭資訊

學習陰陽燭的分析方法後，最大忌就是完全跟著教學去做，那就會「死得好快」。陰陽燭根本好易學，內裡的道理只是憑價位的變化去判斷買賣雙方的力量。這個道理看似複雜，但又好像很簡單，明白了原理可以自己發展出很多的變化，最後適合自己用的就是陰陽燭的「精要」。

陰陽燭有很多的名詞，網上隨意也可找到很多很多，如下圖：

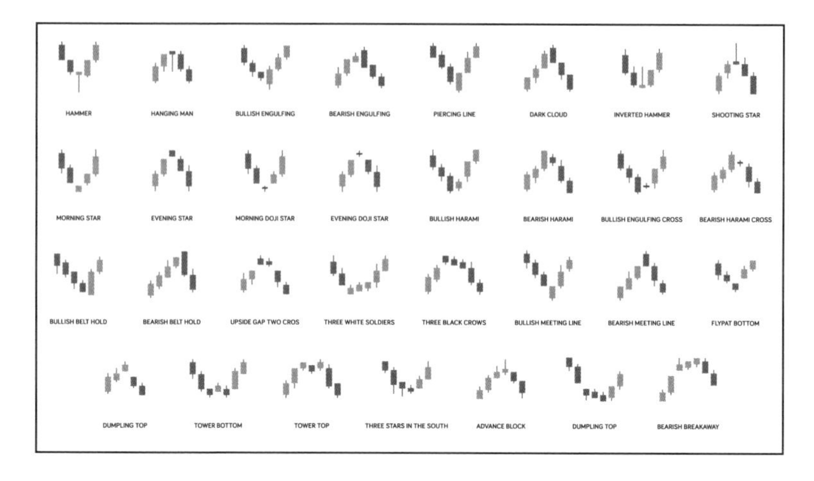


那一大堆名詞，很懷疑有沒有人會全部記得，筆者自己肯定不會全部都記得。有些名詞甚至沒有聽過，因為陰陽燭只要懂了原理便足夠。而自己最鍾意的就是「影線」，這條線就是連接最高／最低價與陰陽燭實體之間的一條直線。

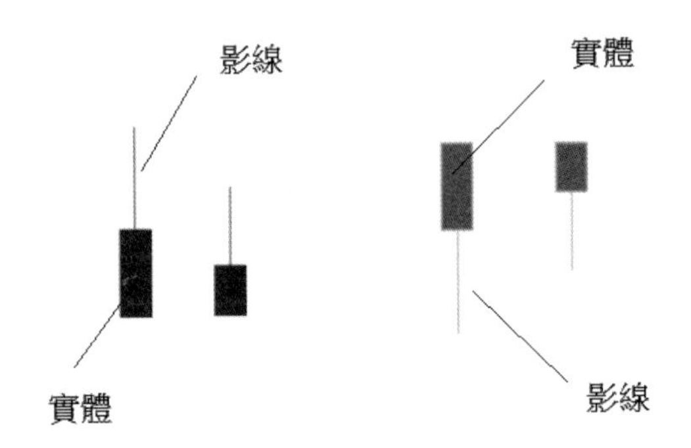


在陰陽燭實體上面的叫上影線，在實體下面的叫下影線。影線的長度就是反映了買賣雙方的力量。例如上影線，代表股價增幅抽高後又在當日便回落，股價越升得高，但最終也是回落的話，其實走勢是極度偏淡。

大家可以想一下，即市炒賣時，假設某股票是 5.2 元，突然急升至 5.4 元、5.6 元、5.9 元，然後升穿 6 元，這時候你可能很想追入，這是大部人的想法。但當你認為還是等等較好時，股價又在很短時間內由 6 元升至 6.5 元、6.8 元，甚至升穿 7 元、升穿 8 元，這時可能會越來越多人追入。

如果這隻股票夠強，看好的人夠多，那即使升穿 8 元後稍為回落至 7.5 元，仍然會有很多人想買。但 7.5 元仍然有人覺得太高，那回落至 7 元以下，也有大量買盤，股價可能回落後又再上升。即使沒有再升穿 8 元，但可能在接近高位收市。

不過，若股價由 8 元跌落 7 元時根本沒有承接，然後又很快跌穿 7 元，甚至跌至接近升勢的起點約 6 元。那剛剛的升浪其實可能只是淡友的平倉盤，又或只是一部分人在搶買，根本升勢就沒有多少人認同，反而越高越多人想沽貨。這時候若股價跌穿 6 元，可能下跌的速度會比上升時更快。

這就是上影線。一條簡單的上影線可以包含了重大的意思，市場可能因為某個消息而突然有少部分買家追入，但追入的人根本不多。

這條上影線很有用，因為已經出現了一輪升浪沒有承接的過程，再出現下一次升浪的話，其實市場會更沒有信心。

要用上影線這招來炒股，越多散戶炒的股票就越適合。根本用法很簡單，升穿上影線的高位可以沽，跌穿有上影線當日的實體低位又可以沽，兩種情況贏的機會都大。

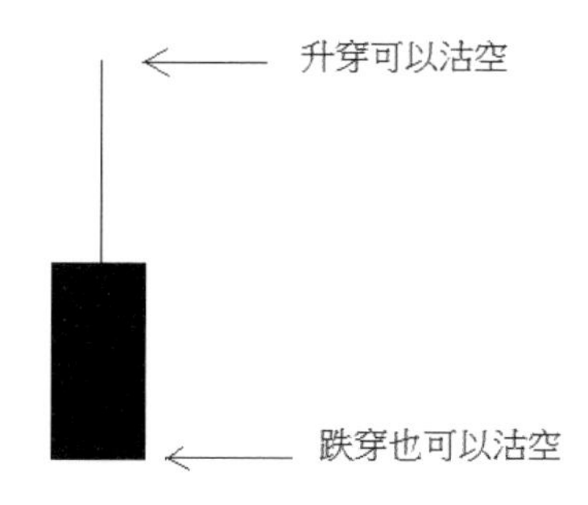

哪些股票最多散戶炒？騰訊（00700）、阿里巴巴（09988）、百度（09888）、美股的 Tesla（US:TSLA）、蘋果（US:AAPL）都是。

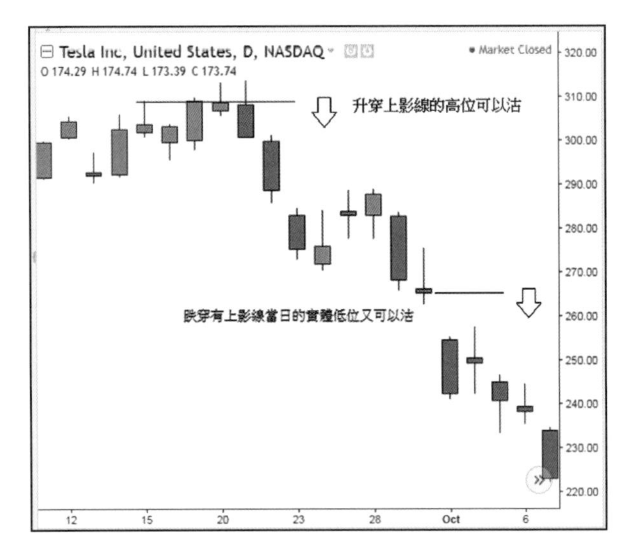


上影線很有用，但分析影線時也會發現，有些時候影線可以很長，有時候也可以很短。可能有些日子上影線是特別長，但也不會完全沒有下影線，大多總會有少少。同樣，有些時候可以下影線很長，不過也不會完全沒有上影線，也會看到有少少的。

某些日子真的會完全沒有上影線，又完全沒有下影線的，這些日子其實不多，但每次出現筆者都必定入市短炒，因為比有影線的日子更準！

完全沒有上影線：如果是陽燭，收市價高於開市價，那當日最高價便是收市價。如果是陰燭，當日開市價便是最高價。

完全沒有下影線：如果是陽燭，收市價高於開市價，那當日最低價便是開市價。如果是陰燭，當日收市價便是最低價。

沒有上影線的陽燭，是最準的短炒訊號之一，可以入市買入看好。「但沒有下影線的陰燭，不要以為就反過來是造淡的訊號，其實也是入市買入看好的訊號」，這就是筆者的經驗。不過，後者的升幅會較小，最好是入市後一至兩個交易日便要離場。

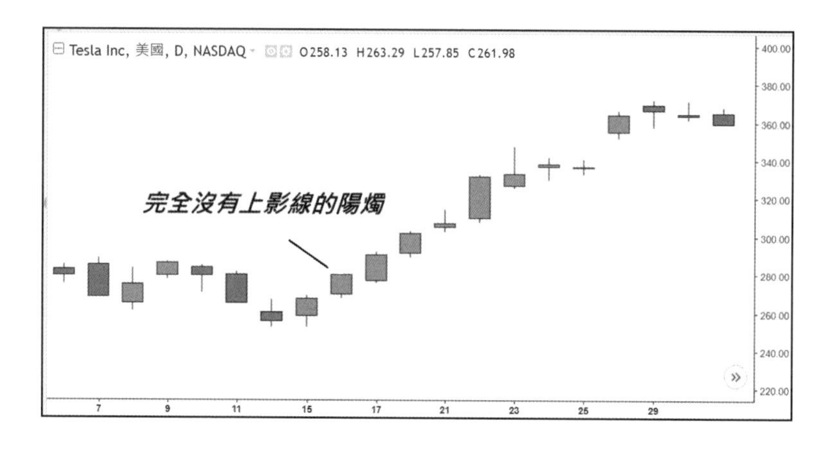

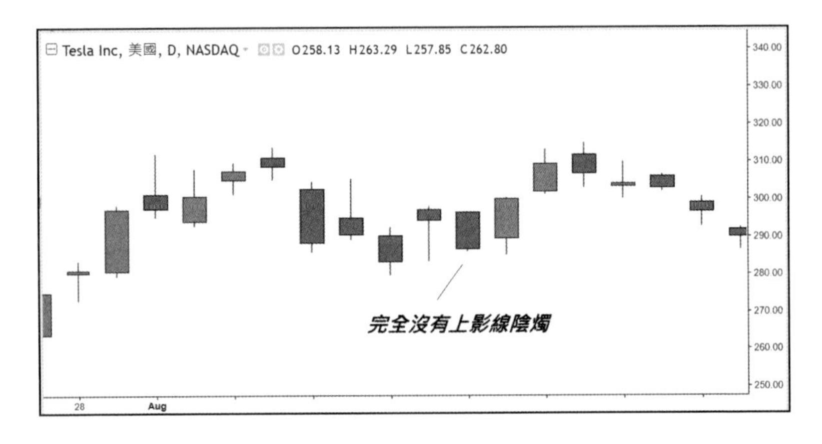


此外，這些沒有影線的日子根本很少，可能一至兩個月才出現一次，但每次出現筆者都必定入市，特別是在一些散戶的愛股之上出現這種情況就更加會入市。因為散戶參與的人數越多，越少機會出現完全沒有上影線或下影線。如果真的出現，不同的散戶的想法其實很大程度已十分近似，趨勢便會由此形成，所以入市時會較準。但記得一些冷門股又成交量不大的日子，出現這種情況則不算是入市訊號，因為冷門股沒有影線可能只是因為根本無人炒。

# 利用形態中的形態準確程度會更高

《金融怪傑》（Market Wizards）是閱讀過眾多的投資書籍中，自己最愛的一個系列，這系列出版以來，一直被列為美國金融操作人員必讀的書籍之一。

自己就至少閱讀過整個系列三次以上，而最印象深刻的是，書中提及過一位著名交易員，他提出的技術分析觀念與別不同。他認為傳統的技術分析，如形態分析，包括頭肩底、圓頂、雙底等雖然已存在多年，也被大部分人視為早已失效的預測工具，但只要運用得當，這些傳統方法也可以發揮很大的效果。其中，他指出形態中其實包含了其他的形態，以及某些形態出現後，必須等待另一個能「配合」得天衣無縫的形態再出現，才能增加預測的可信性。但不少運用形態分析的人都忽略了這些要訣，只在埋怨為何傳統的形態會在預測時失效，而不懂去找出能改進的地方。

根據筆者經驗，利用「形態中的形態」以及「形態後的最適當配合形態」，在炒賣期指時，特別是短炒的話效果其實十分之好的。

當中包括有：

**1) 雙底中的旗形**

**2) 楔形後的圓底**

**3) 島形中的旗形**

## 雙底中的旗形

形態分析中，當「雙底」形態在股價圖上出現之時，它告訴我們過去的跌趨勢已逐漸扭轉，看好的力量一而再地擁入市場，經過一次短期的回落調整後，市場已回復信心。但雙底形態有一個問題，低位入貨的人大多會在雙底形成後獲利離場，這股壓力會令股價再度受壓，或作短暫整固，只要突破這個整固的區域才能令還沒有入市的人被吸引買貨，進一步推升股價。但現實中，這個整固區往往跌破的機會較大，故此雙底中的旗形其實是一個部署造淡的訊號。

雙底的第二個股價衝上的時間裡，往往會包含著一個「上升旗形」，只要其後價格跌破旗形便是短線造淡的絕佳時機。

**例子：**

2023 年 1 月尾至 2023 年 3 月初，Tesla（US:TSLA）出現一個雙底形態。價格先在 1 月底衝上，其後再度調整，到了 3 月初股價又第二度向上發力，這是雙底的第二段衝上時間。之後在 188 美元至 200.6 美元這區域裡出現一個「上升旗形」，此時市場的短期沽壓已越來越多。到了 2023 年 4 月 5 日，Tesla 的股價跌穿了上升旗形後，股價便由 185 美元左右在 15 個交易日內一直急跌至最低見 152.37 美元。

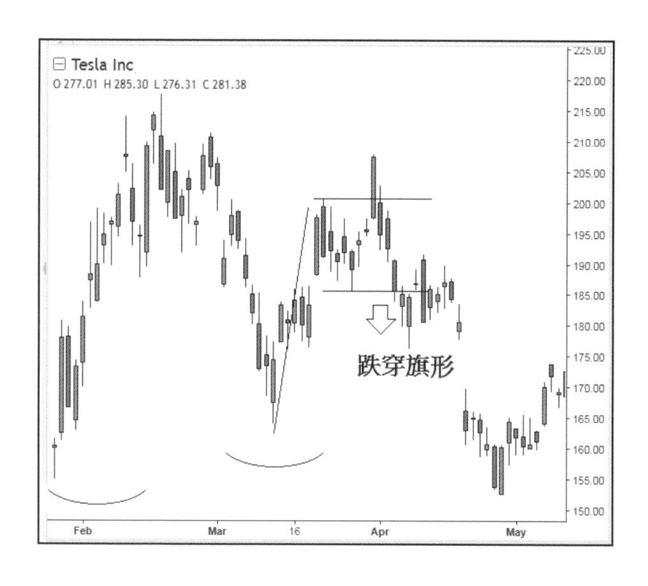

## 上升楔形後的圓底

楔形的形態上近似一個三角形，不過二條組成楔形的線皆同時上傾或下斜。上傾的為上升楔形，而下斜的為下降楔形，兩者中以前者特別值得留意，出現的頻率也相對較多。上升楔形的形成，代表股價急速上升，賣壓越來越弱，不過由於股價上升速度太快，當需求短暫消失時，股價便反轉回跌。因此，上升楔形其實代表個買方力量逐漸減弱的形態。

當上升楔形出現後，最佳的配合形態是一個「圓底」的形態。事實上，上升楔形出現後大多會形成一個「圓底」，而這個「圓底」形態最後如何走，是我們判斷是否應該再入市造好的關鍵。

實際上，這個圓底形態的起始點，便是上升楔形的頂部，形成圓底後股價必須突破圓底形態的起始點，才能確認市況將再展現強勁的升勢。

**例子（一）：**

2023 年 3 月中至 3 月尾 Nvidia（US:NVDA）出現「上升楔形」形態，股價升勢越來越急，其後出現圓底形態為市場短暫整固，只要價格其後突破圓底的起始點水平，升勢便會再度展現。結果到了 2023 年 5 月初走勢終作出突破，其後價格由約 280 美元升至 400 美元以上。

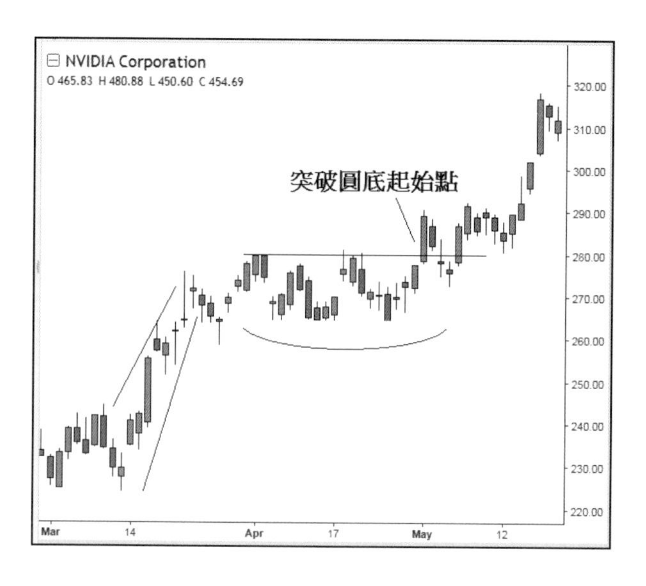
NVIDIA Corporation
O 465.83 H 480.88 L 450.60 C 454.69
突破圓底起始點
320.00
310.00
300.00
290.00
280.00
270.00
260.00
250.00
240.00
230.00
220.00
Mar
14
Apr
17
May
12

## 島形後的回補裂口走勢

島形形態的形成是股價持續上升一段時間後，突然某天再出現裂口上升，不過升勢並不能維持，其後股價在高位徘徊不久，便朝相反方向走，價格出現裂口下跌。這令圖表上形成一個上升的裂口，以及一個下跌的裂口，而兩邊的裂口大約接近的價格區域，形態上便像一個「島」一樣。

整個過程其實是股價不斷上升，令原來想買入的人沒法在預期的價位入市。持續的升勢令他們終於按奈不了追價買入，也令市場的購買力一次過消耗掉，故此價格在高位再上升乏力。而早已入市的見價格突然急升，賬面利潤突然大幅增加，紛紛平倉離場，這股沽壓令價格出現裂口下跌。

兩邊的裂口同時出現後，走勢會逐漸下跌。其實每當島形出現，往往是提醒我們可部署造淡的訊號，不過，最佳的入市時間是出現島形後，再出現「回補裂口」的走勢，島形中的下跌裂口被回補時，就是可入市沽空的時間，形態也十分值得信賴。

例子：

2022 年 8 月 9 日至 8 月 10 日，高盛（US:GS）先出現上升裂口，到了 2022 年 8 月 18 日及 8 月 19 日再出現下跌裂口，形成一個「島形」。其後價格開始逐漸下跌，其實當時已可部署造淡，但最佳的入市時間是等待下跌裂口被回補的時間。這個情況出現在 2022 年 8 月 26 日，其後高盛的股價便由 336.4 美元一直急跌至最低見 288.62 美元，跌幅達到 14% 以上。

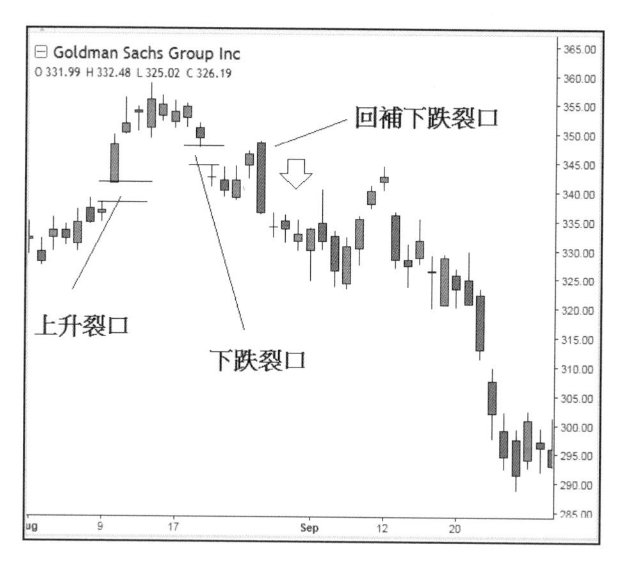


其實學習技術分析的人，大多以形態分析作入門。我們在一些討論技術分析的報章及雜誌上，不難看到一些有關技術分析形態的名詞，如頭肩頂、雙頂、圓底等等。這些形態是百多年來技術分析派透過觀察價格走勢表現得出的結果。或許某些人認為它已「過時」，但只要真正明白形態形成的意義的人，從形態走勢中可以找到很多有用的資訊。

# 自創的陰陽燭形態買跌買升都有效

筆者在上一本書中寫了一篇〈陰陽燭其實看兩枝燭就已可炒得好〉的文章，但後來收到一些來信，原來有些新學技術分析的讀者，根本不知道陰陽燭的基本概念。其實陰陽燭又叫「K線圖」，在日本就叫做「罫線」。

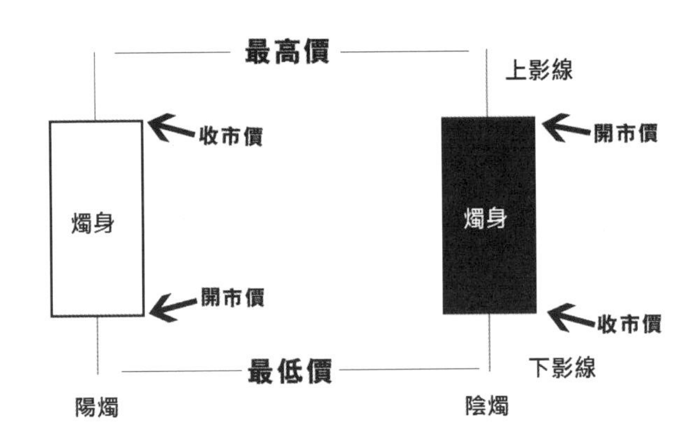


陰陽燭主要由「開市價」、「收市價」、「最高價」及「最低價」畫成，如當日收市價高於開市價，便稱之為「陽燭」。相反，若當日收市價低於開市價，則稱之為「陰燭」。此外，在香港習慣了陽燭會用上綠色表示，陰燭則用上紅色，但在美股市場上則相反。

另外，陰陽圖也包括了「影線」，這用作顯示當日的最高價及最低價，在「燭身」之上的為上影線，在「燭身」之下的為下影線。上影線越長就代表後市阻力越大，而下影線越長則代表價格越有支持。

但筆者自己的經驗是，過去流傳下來的陰陽燭用法大多已沒有用處，可能已太多人學習過，流傳了逾百年，基本上懂的人已很多，這反而令很多方法失效，所以學習陰陽燭只要明白基本概念便足夠，真正的用法都是靠自己觀察得來的。

有一個陰陽燭形態是筆者自創的，用法也很簡單。筆者有段時間就特別喜歡短炒 Alphabet（US:GOOGL）這隻股份，因為它的波動較大，此股便經常出現這種入市訊號。

買跌的訊號，出現的過程如下：

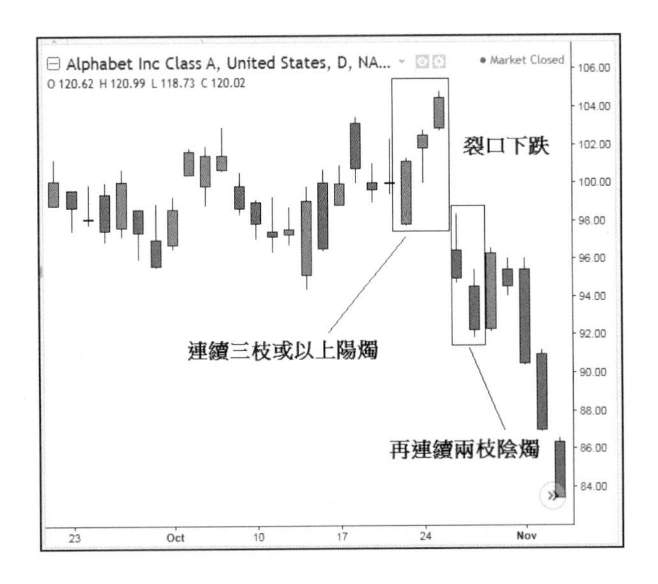


**1) 先出現連續三枝或以上陽燭。**

**2) 再出現連續兩枝陰燭，期間必須要有一個「下跌裂口」。**

如 Alphabet（US:GOOGL）在 2022 年 10 月 21 日至 10 月 27 日這五個交易日便出現這種買跌訊號，雖然股價在出現這個訊號後，看似已下跌了很多，但其後仍然由約 92.2 美元跌至 84 美元以下。

買升的訊號，出現的過程如下：

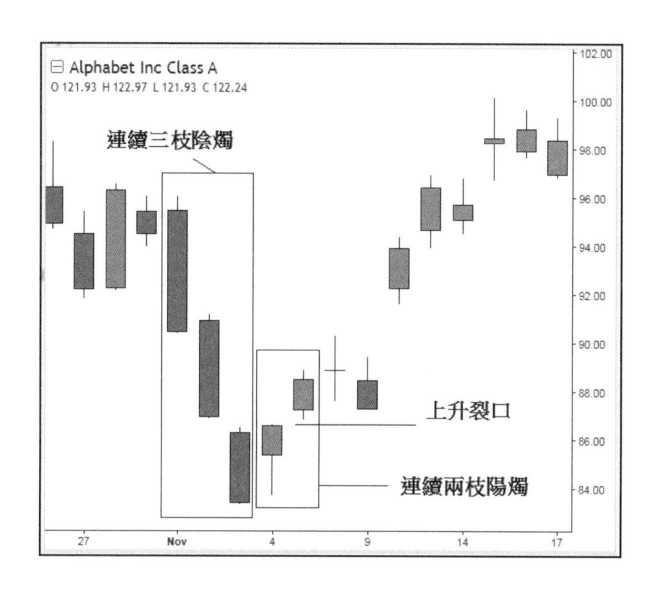


**1) 先出現連續三枝或以上陰燭。**

**2) 再出現連續兩枝陽燭，期間必須要有一個「上升裂口」。**

Alphabet 在 2022 年 11 月 1 日至 11 月 7 日，也是在五個交易日裡出現這種買升訊號，其後股價由約 88.49 美元升至 100 美元以上。

留意一點，所指的「上升裂口」及「下跌裂口」，只是最新的一枝陰陽燭的「燭身」部分與上一枝陰陽燭的「燭身」作比較，上影線及下影線可以不計算的。

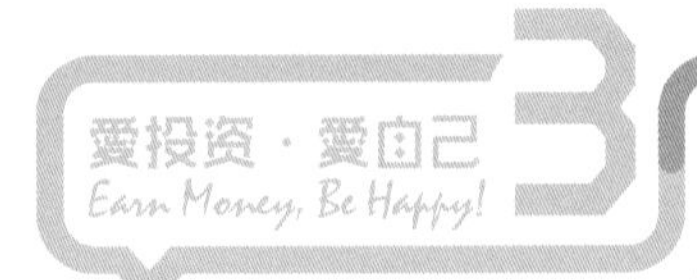


不過，讀者們可以會認為，這不就是「V形」或者「倒轉V形」形態嗎？在學形態分析時也早已學過，又有甚麼分別？基本上看到「V形」形態就是股價即將反彈，看到「倒轉V形」形態就是股價即將下跌，這個大家在初學技術分時已很清楚知道。

**但可以看看這個例子：**

Alphabet（US:GOOGL）在 2023 年 3 月 13 日至 3 月 22 日，由 89.42 美元升至 106.59 美元，然後在 3 月 22 日後便開始下跌，在這個圖表就很清楚看到是一個「倒轉V形」的形態，不過 Alphabet（US:GOOGL）的股價卻不跌反升，其後更一直升至 108 美元以上。

所以筆者介紹的陰陽燭組合，並不是單純的「V」形形態，重點是在先跌後升時，上升中出現的兩枝陽燭必須有一枝是有「上升裂口」，相反若是先升後跌，下跌時出現的兩枝陰燭也必須有一枝是有「下跌裂口」的。

這個陰陽燭形態自然不止可應用在 Alphabet 這隻股份之上，其他成交量十分之大的美股也十分適合，例如 Tesla（US:TSLA）：

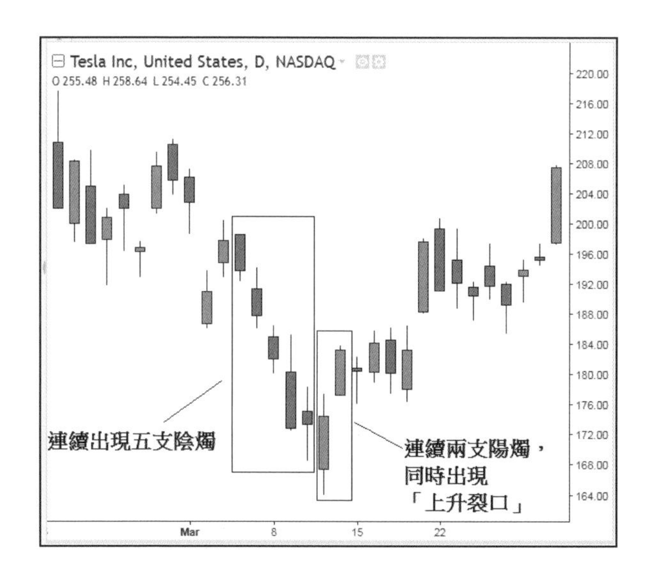


Tesla 的走勢在 2023 年 3 月 6 日至 3 月 14 日這 7 個交易日中，先出現連續五枝陰燭，其股價由 193.81 美元跌至 168.44 美元，其後分別在 3 月 13 日及 3 月 14 日這兩個交易日連續出現兩枝陽燭。

請留意一下，3 月 13 日開市價是 167.46 美元，收市價是174.48美元，而最高價是177.35美元，但由於我們判斷「上升裂口」只計算「燭身」的部分，意思就是由開市價至收市價的部分，所以只要 3 月 14 日開市價在 174.48 美元以上，同時收市價又企穩在174.48美元以上，便屬於出現上升裂口。

到了 3 月 14 日，開市價為 177.31 美元，收市價為 183.26 美元，故此符合了出現「上升裂口」的要求，這個買入訊號也確認成立。其後 Tesla 的股價由約 183.26 美元上升至 207 美元以上。

**我們可再看一個例子：**

Tesla在2022年11月4日至11月11日這六個交易日裡，也是先連續出現四枝陰燭，再連續出現兩枝陽燭，但兩枝陽燭出現期間根本就沒有出現「上升裂口」，所以買入訊號不成立。其後 Tesla 的股價也沒有反彈，並由 195.97 美元再跌至 170 美元以下。

其實這個陰陽燭形態除了在不同的美股上有效外，運用在美期或期指上也同時有效。但根據筆者的經驗，若運用在 Daytrade 上則未必適合，因為訊號出現的次數會太多，反而持倉過夜，目標是幾個交易日內短炒的話，則訊號會較為準確。

# 最不想入市的形態
# 其實才最有用

上一篇文章講解了一個自行研創的陰陽燭形態後，應該大家也會與筆者有相同的想法——陰陽燭的組合真的不一定要使用「傳統」的方法，所謂的早晨之星、黃昏之星、三飛烏鴉等，其實也是使用陰陽燭的炒家，根據經驗來訂立，但市況多年來已出現很大的變化，舊有的方法也未必再有效。

在測試各種陰陽燭組合時，筆者就曾想過一個情況，而且這個想法也是由 Daytrade 的經驗得來，就是很多時候當只是觀察圖表的走勢時，感覺最不想入市買升的時間，反而價格就突然上升，反過來，最不想買跌的時間，價格又突然急跌。

這些經驗相信大家也曾經歷過，其實所謂的圖表分析（包括陰陽燭在內），就是有太多既有的「框架」，看到大陽燭就一定覺得走勢特別強，看到早晨之星就覺得市況上升的機會較大，但真實交易，根本就不是如此。

在真實交易時，大家都遇過，「最不想入市買入時」反而市況便會真正上升，見升追入，見跌追沽的時候卻大多會「坐倉」，甚至出現大虧損。

故此在研究陰陽燭的獨家用法時，曾經就想過，會不會最不想入市買升的形態反而可以視為一個買入訊號？同樣地，最不想買跌的形態卻可視為一個造淡訊號。

看到這裡，大家可以想想，哪些情況你最不想買入一隻股票？

## 筆者就認為有兩種情況：

**第一種情況**

股價已累積了一定的升幅，股價就是不斷在上升，但到你想買時又看到升勢開始在放緩，然後突然有一兩天，股價出現大跌，大跌後不但沒反彈，更繼續在低位再輕微下跌，感覺上就是跌勢未完。這個時候就是最不想人市買升的時間。

**第二種情況**

股價由高位回落，然後曾出現輕微反彈，但第一次反彈後走勢卻令人失望，反彈的幅度不多，然後股價又再大跌，不過大跌後又再有第二次反彈，可惜第二次反彈的幅度也是很少，而且反彈後又再創新低。這時候你就覺得股價就像「一把刀」由高位向下插下來一樣，誰去接手誰就十分危險，這也是最不想買入的時間。

無論你學習「哪一派」的技術分析，應該都會告訴你這兩種情況不應入市。但其實這兩種情況都是「買入訊號」。

**第一種情況的例子：**

Apple（US:AAPL）的股價在 2023 年 5 月初由 168 美元左右升至 184 美元以上，其實到了 6 月初升勢已開始放緩，其後在 6 月 5 日、6 月 6 日也出現調整，先是大跌，然後不但未見反彈，繼續在輕微下跌，感覺就是跌勢未完一樣。

但我們再看看其後 Apple（US:AAPL）的走勢如何？

在大家最不想買入的時間，Apple 的股價反而由約 177.5 美元開始突然反彈，其後更一直升至 192 美元以上。最不想買入的時間反而是股價開始發力的時間，若單看圖表根本難以想像當時會有這樣的走勢出現。

再看其他例子，例如另一熱門股份 Nvidia（US:NVDA）。

踏入 2023 年後，Nvidia（US:NVDA）的股價開始由低位回升，1 月份由 140 美元升至 176 美元以上，但其後開始出現調整。這類看似跌勢剛剛開始的走勢就是最多人不想入市的。

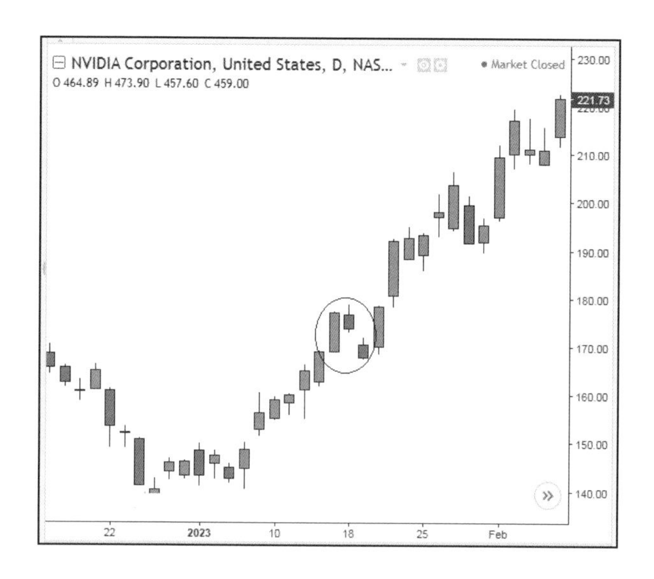


不過，當時 Nvidia（US:NVDA）的股價在調整過後又再發力，由 170 美元再急升至 221.7 美元以上。若不是將兩個圖表分開，大家只看到 Nvidia（US:NVDA）由 170 美元開始再發力的走勢後或許會覺得當時其實只是輕微調整，自己應該會選擇入市。但分開兩個圖表後大家就會更有「感覺」，可以想像一下，Nvidia（US:NVDA）在 1 月初開始已升了很多，到看到連續調整的日子根本大部分人當時都不會想入市，但實際上卻是最佳的買入時間。

至於第二種情況也是經常出現的，例子：

Apple（US:AAPL）在 2022 年 12 月就跌得很厲害，圖表上其股價由 150 美元跌至 126 美元以下，但整個下跌過程曾出現兩次輕微的反彈，不過都令股民失望，然後又再沉底，但第三次創新低時其實反而是買入訊號。

Apple（US:AAPL）在第三次創出新低後便開始反彈，然後由 125 美元一直急升至 157.5 美元。這第二種情況也是大家最不想入市的時間，但實際上反而可視為買入訊號。

同樣的情況自然不會只出現在 Apple（US:AAPL）之上，Nvidia（US:NVDA）的走勢也是如此。

NVIDIA Corporation, United States, D, NAS...
Market Closed
O 464.89 H 473.90 L 457.60 C 459.00
190.00
185.00
180.00
175.00
170.00
165.00
160.00
155.00
150.00
145.00
142.65
140.00
135.00
130.00
Nov
10
21
Dec
12
21
2023

NVIDIA Corporation, United States, D, NAS...
Market Closed
O 464.89 H 473.90 L 457.60 C 459.00
210.00
205.00
200.00
195.37
190.00
185.00
180.00
175.00
170.00
165.00
160.00
155.00
150.00
145.00
140.00
21
Dec
12
21
2023
12

2022 年 12 月 Nvidia（US:NVDA）的股價由 185 美元以上跌至約 140 美元，期間也是經過兩次輕微的反彈，然後在低位整固。在看到第一個圖表後，可以認真想想，自己真的會在當時選擇入市買入嗎？應該大部分人也不會吧！但結果就是 Nvidia（US:NVDA）的股價在當時開始見底回升。

其實要自行研究陰陽燭的用法，認真去想一下哪些形態出現後你最想入市，哪些形態出現後你又最不想入市，然後對比一下之後的走勢，會發現更多在交易時很實用的形態。

# 用八個字母就可以即市短炒期指

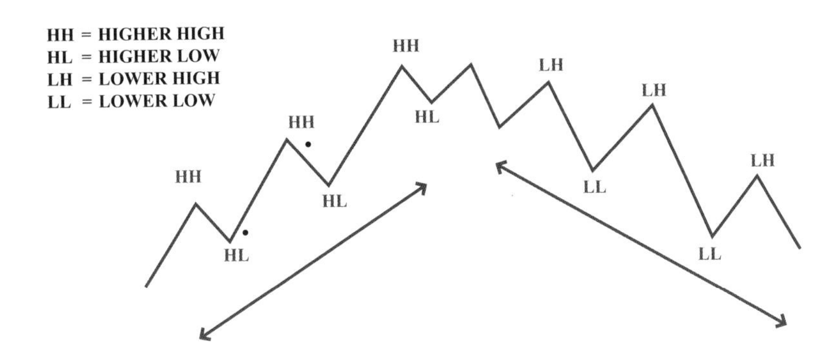


看到以上的圖，可能真的很多人不知道是甚麼，又 HH，又 HL 的，H 代表 High 嗎？那 HH 又是甚麼？筆者自己最初接觸到的時候，是在一些外國的網頁。初時覺得又是一些沒用的理論，但細心去留意後，又發現其實這套理論在真實炒賣時有很大參考價值。

而且至今筆者更認為 HH、HL、LH、LL，是用以判斷趨勢最有效的工具之一。筆者就愛叫它做「八個字母理論」，這名字是自己學習時為了方便記憶，不喜歡的可以不理它的名字。不過，記得炒期指時，而且是即市短炒，最要緊的就是策略要簡單。你若用這本書教的 25 日平均線方法，就不要將「八個字母理論」加在一起用，一起用就是將簡單的事情複雜化。即市炒期最重要的還是紀律。筆者擔心介紹了其他的方法，然後又有人將簡單的方法變得更混亂。

「八個字母理論」之所以好用，是因為很容易就可以用它來判斷期指是上升趨勢還是下跌趨勢。即市交易最怕的就是逆市去做，你每日都賺得不多，逆市做就有機會「輸大」，然後一次的虧損便讓多次的利潤流失。

在即市中所謂上升趨勢，頂部肯定會不斷較前一個頂部更高，同時底部又較前一個底部更高，股價就像在一個上升通道中運行，這個才真正叫做上升趨勢。如果只是底部較前一個高，而頂部未有比上一個高的話，其實上升趨勢根本不明顯。

在「八個字母理論」中，每個更高的頂部，會稱之為「Higher High（HH）」，每個更高的底部則會稱之為「Higher Low（HL）」。

相反，一個下跌趨勢中，會見到頂部不斷較前一個頂部為「低」，同時底部又較前一個底部為「低」，股價就像在一個下跌通道中運行。與上升趨勢一樣，很多人總以為頂部比上一個頂部低就叫下跌趨勢，若果頂部比上一個頂部低，但底部卻沒有比上一個底部更低的話，那其實也不算是下跌趨勢。

「八個字母理論」中，每個更低的頂部，會稱之為「Lower High（LH）」，每個更低的底部則會稱之為「Lower Low（LL）」。

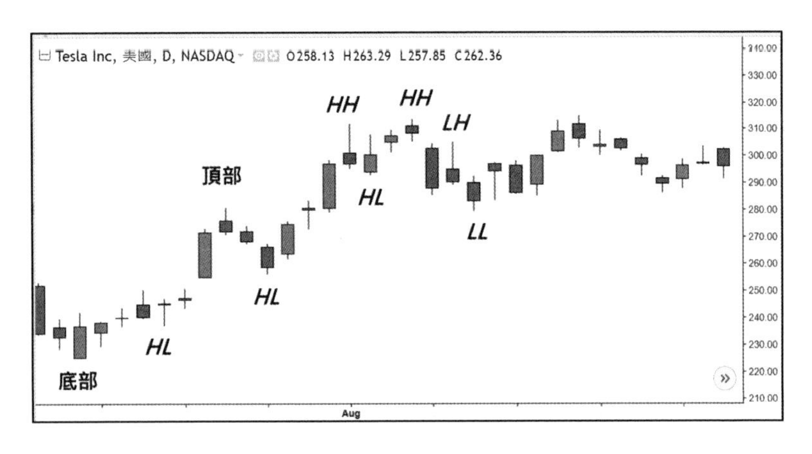


即市走勢其實升跌浪往往會交替出現，而且交替的速度有時候可能很快。當升浪中出現較低的頂部「Lower High」（LH）或較低的底部「Lower Low」（LL）便代表了升勢已轉弱，有可能會出現轉勢由升浪轉為跌浪。相反，當跌浪中出現較高的頂部「Higher High」（HH）或「Higher Low」（HL），也代表了跌勢減弱，很可能出現反彈，甚至走勢出現逆轉，由跌浪轉為升浪。

不過，用「八個字母理論」時有一個重要的問題，就是判斷所謂的頂部及底部可能會覺得有點混亂。有時候在圖表上看似是頂部，但又好像不確定。用「八個字母理論」時，最重要的是確定哪個是頂部及底部，否則就不能作比較。

自己的經驗是，判斷頂部及底部只要記住以下準則便可以：

1) **頂部：** 最高價比上一枝陰陽燭的最高價為高，同時又比下一枝陰陽燭的最高價為高。

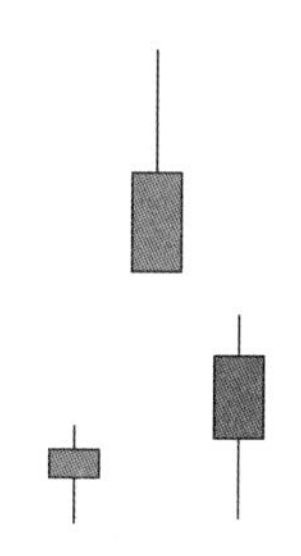

2) **底部：** 最低價比上一枝陰陽燭的最低價為低，同時又比下一枝陰陽燭的最低價為低。

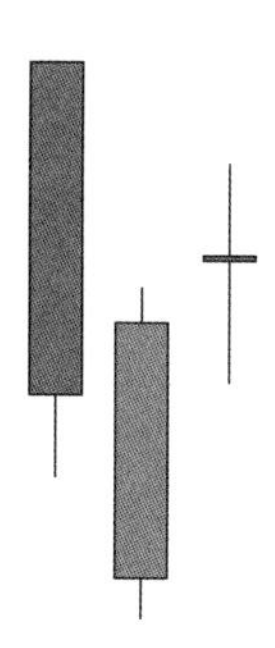

只要將最近的頂部的最高點與上一個頂部的最高點作比較，便能判斷屬於 HH 還是 LH。只要把最近的底部的最低價與上一個底部的最低點作比較，也能判斷屬於 HL 還是 LL。

不同的圖表中的頂部及底部又可以組合更大的頂部及底部。意思是你可以用 1 分圖判斷到頂部在上移，底部也在上移，這是上升趨勢。然後再看 5 分鐘圖，發現也是頂部及底部都在上移，甚至再看 10 分鐘或 15 分鐘圖也是這個情況，那上升趨勢便更明顯。但這樣做是要判斷一些較長的走勢，而非即市走勢。在這本書已提醒大家很多次，炒即市就只能用一個圖表，用幾個圖表的策略不是用來炒即市的。

即市炒期指又好，炒股票又好，其實也可單獨運用「八個字母理論」，單單用 HH、HL、LH、LL 這幾個形態做比較，也能找到很多有效的入市機會。

自己炒即市的經驗是，在即市走勢中 HH、HL、LH、LL 形態有以下的「次序」，其後的升浪都會較大。

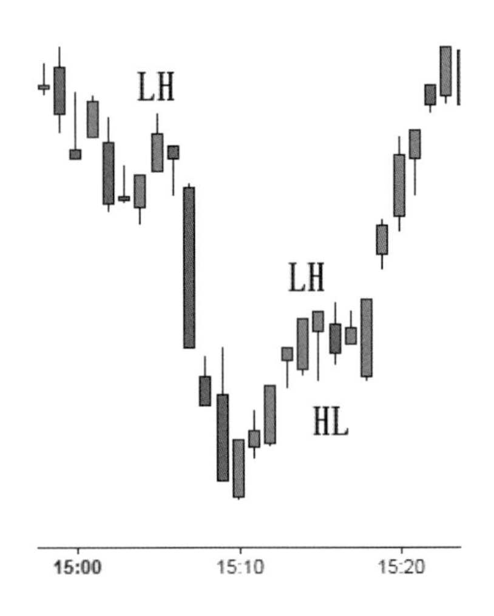

這套方法最大的優點是無論用在期指或股票之上都可以，但用在一些成交量太小的細價股就不行。要用這個概念去炒即市，就一定要找大價的熱門股票，如美股市場的 Tesla（US:TSLA）、蘋果（US:AAPL）等等。

先說用在期指的例子：

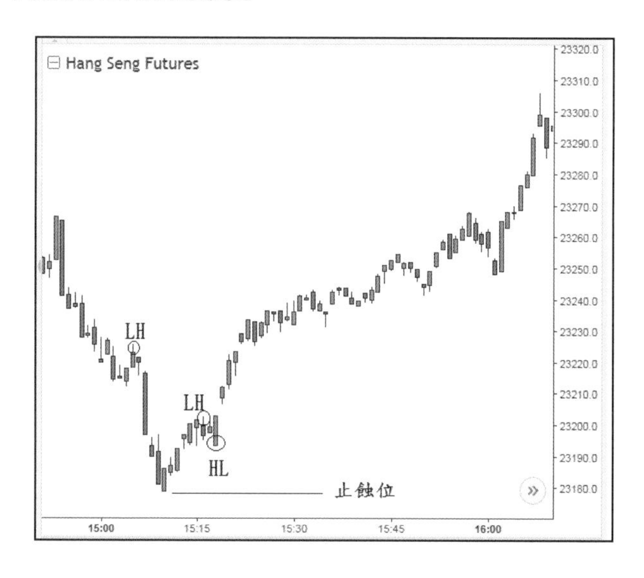


上圖為期指 1 分鐘圖，在 3:05pm 開始期指由低位回升，由 23,200 升至升至 4:08pm 最高見 23,306。

在圖表中已可看到，在 3:05pm 至 3:15pm 期間，期指的走勢上便先出現 LH，再出現 LH，連續兩個 LH 後才出現一個 HL，然後期指便由低位展開反浪。

當根據這種形態入市，在出現 HL 的前一個底部可設定為止蝕位，圖中的止蝕位約為 23,178，而入市位約 23,195。其後期指升至高見 23,306，潛在獲利幅度有 111 點，而止蝕的幅度只是 17 點。

可以看到用「八個字母理論」能讓你在即市炒期指時更容易「以小博大」，因為只要走勢逆轉便很容易判斷得到。察覺到走勢逆轉先止蝕然後再入市也可以，贏一次的利潤足夠輸幾次。

以上的形態自己統計過，其實勝算不算太大。根據筆者統計大約有六成，但卻能讓使用者以很小的風險博取很大的利潤，如以上例子便只是用 17 點的風險來博取逾 100 點的利潤。根本贏一次已夠輸四、五次。即市炒期指不是一定要中得多才能賺錢，以小博大，有六成中的方法其實已是很好很好的方法。

然後我們可以看看用這套理論即市炒股票的效果又如何？

同樣的交易策略也適合一些成交量大的熱門股，如 Tesla（US:TSLA）。圖表上可看到 Tesla（US:TSLA）的 1 分鐘圖上，在 11:18pm 至 11:30pm 間，便先後在 11:18pm 出現「LH」，其後在 11:27pm 再出現「LH」，到了 11:30pm 出現「HL」，整個過程發出一個買入訊號，而「HL」的前一個底部約 1,148 美元可設定為止蝕位。

其後 Tesla 的股價由約 1,155.06 美元急升至最高見 1,173.77 美元。假設投入 10 萬港元在當時買入 Tesla，大約能買入 11 股，獲利最高約 1,605 港元。同樣也是以小博大，炒正股一樣可以賺錢。

筆者自己最喜歡「八個字母理論」的原因之一，就是用在期指及股票的效果上也很好，不會像有些方法只能用在期指上，又或只能用在股票之上。

# 黃金比率怎樣使用最好最合理

技術分析中還有一門理論叫杜氏理論及黃金比率。其實所謂理論，根本就只是一個簡單的概念。杜氏理論認為如果有一個趨勢運行了一段時間這個就會是一個大趨勢，這句當然是廢話，但理論確實是這樣說。

然後杜氏理論認為，股票市場的波動可以被分為三個主要的波動：主波動、次波動和微波動。主波動是長期的趨勢，通常持續數年或更長時間；次波動是主波動中的反彈或調整，通常持續幾個月；微波動是次波動中的波動，通常持續幾日。

不過重點是，若果有了一個大趨勢，升勢也會有調整，跌勢也可以有反彈，升勢的調整通常都是升幅的三分之一，或者是三分之二，而跌勢的反彈也大多是跌幅的三分之一，或者是三分之二。

而三分之一或三分之二就是黃金比率，其實正確認該是0.382（三分之一）及0.618（三分之二）。

黃金比率其實是由一個著名又偉大的數學家發明，叫做Leonardo Fibonacci，他發現有些數字加起來好神奇，只要將

任何相連的兩個數字加起來都等於之後的數字，例如 1、1、2、3、5、8、13 等，1 ＋ 1 就等於 2，1 ＋ 2 就等於 3，2 ＋ 3 就等於 5 等等。

然後他發現更加神奇的是，當這些數字中的其中一個數字除以之後的第一個數字，答案又會十分接近 0.618，而當一個數字除以之後的第二個數字，結果又會十分接近 0.382。

這個就是黃金比率，在數學界上其實黃金比率的應用十分廣泛，應該說不只是數學，就連建築等其他很多領域也會見到黃金比率的應用。

而在股票市場上，很多人就會用黃金比率來判斷升浪中的調整位置，又或跌浪中的反彈位置。

另外有一套理論叫波浪理論（Elliott Wave Principle），由美國會計師 Ralph Nelson Elliott 發明。他認為任何事情的發生都會有相同的規律，股市會係一樣，升下升下就會跌，跌下跌下就會升。但升升跌跌都會有一個定律，可以用眼數出來，升浪可以有五個，跌浪則有三個。浪又可再細分其他細浪，每個浪的升升跌跌就可以用黃金比率預測得到。

筆者就對波浪理論沒甚麼好感，可能有技術分析的高手可以用得很好，但自己就不想研究得太深入，而且多年來也一直認為波浪理論太主觀，不過黃金比率就有參考價值。

在股市裡，大部分人用黃金比率都會用 0.382、0.5、0.618、1.382、1.618 等。如果一隻股票由低位開始一個升浪，假設跌至 10 元後開始見底回升，然後一直升至 40 元又開始回落，這個升浪的幅度就是 40 - 10 = 30 元。股價開始回落時，升幅的 0.382、0.5 或 0.618 都有可能是支持位，若簡單去計算就是大約是升浪的三分之一、一半及三分之二。

這例子中升浪的三分之一就是 10 元，股價有可能由 40 元下跌 10 元至 30 元就有支持。而升浪的一半就是 15 元，股價有可能由 40 元跌至 25 元又會有支持。至於升浪的三分之二就是 20 元，股價同樣有可能由 40 元跌至 20 元會有支持。所以只要計算黃金比率，20 元、25 元及 30 元都會有機會是支持，可以在這些位置吸納。

另外，黃金比率其實不止 0.382、0.5 及 0.618 的，還可以有其他的數值，分別是 0.191、0.382、0.5、0.618、0.809、1、1.382、1.5、1.618、2、2.382、2.618 兩組更神秘的數字。

基本上這樣分割的方法就「一定中」的，自己就覺得根本沒有意思。真實交易時，筆者的經驗是 0.618 就有用，但要在特定條件下才有用，而且用法一定不能主觀。太多的比率就會變得主觀，根本真實交易時就用不到，更會覺得很混亂。

首先，所謂特定的條件就是走勢要有裂口。筆者會用黃金比率來即市炒期指，但要用黃金比率時一定要裂口，所指的裂口是與「夜期」的收市價有明顯的裂口。

而且計算黃金比率不是計算升幅的調整幅度，又或跌幅的反彈幅度，而是直接計算裂口。

假設昨日夜期收 20,000，今日期指開市價為 20,120，上升裂口幅度就是 120 點。120 點的 0.618 大約就是 80 點。

期指與夜期的收市價相比出現裂口，大數都會出現回補裂口，只是回補的幅度每次有所不同。上述例子中，裂口有 120 點，若在開市初段期指能回補裂口的幅度達到 0.618 則期指繼續下跌的機會就較大。但若回補的幅度不夠 0.618 便又再回升至開市價 20,120 之上，則其後上升的機會會較高。

**有實際例子會較易明白，下圖便期指的 5 分鐘圖：**

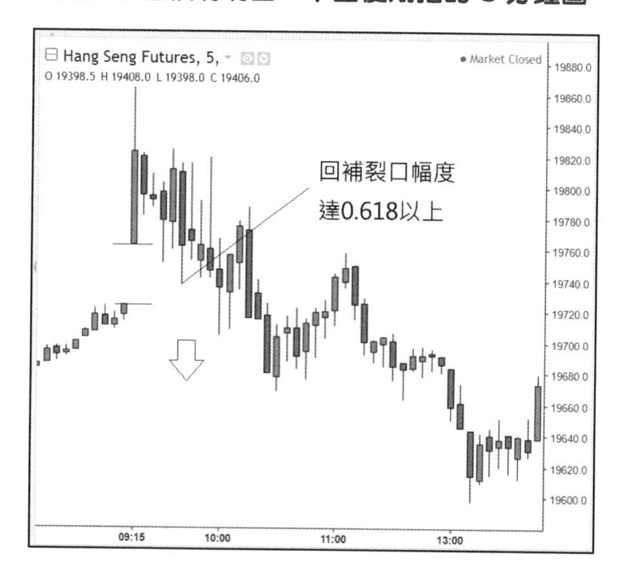


期指當日裂口高開，其後出現回補裂口，回補裂口幅度超過 0.618。記得是裂口的幅度不是整個升幅的幅度，然後看到期指由 19,740 到下午跌至 19,600。

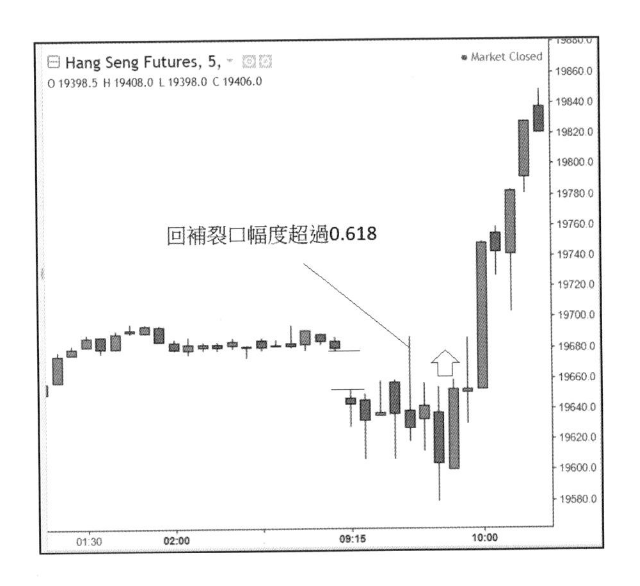


另外，期指出現下跌裂口處理的方法也是接近，上圖便是期指當日出現下跌裂口，然後價格出現反彈，而回補裂口的過程中，回補幅度達到裂口的 0.618 之上，其後期指便開始急升。故此當回補裂口幅度達到 0.618，其實已可入市買入。

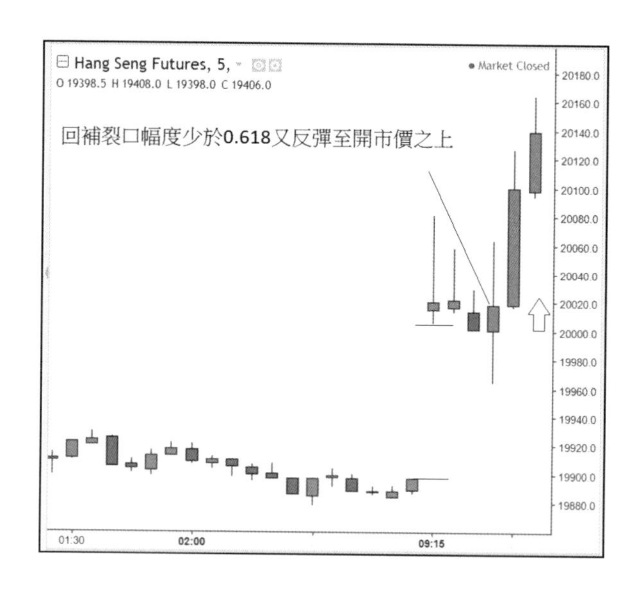


至於回補裂口的幅度不足 0.618 的情況就像上圖的例子一樣。當日期指裂口高開，但回補裂口幅度少於 0.618，然後期指又反彈至開市價之上，其後就由開市價 20,014，至 9:40am 升至 20,164。

這套運用黃金比率的方法也是筆者自創，但卻是憑實戰經驗得來的結果。黃金比率很多人在運用時都很主觀，這也是它最大的問題，分割太多的比率出現根本分不清哪個才是真正的支持或阻力位。

炒期指就是要簡單直接，有關炒期指本書已介紹過升穿或跌穿 25 日平均線的方法。但若當日出現裂口，由於是與夜期收市價相比出現明顯的裂口，這些日子其實不多的，至少不會每日出現。而筆者自己當日就會選擇這套只運用 0.618 的黃金比率炒法，因為能贏的機會夠高，而且能賺的幅度也夠大。

另外，要計算黃金比率其實不用自己計的，很多網頁也有提供，輸入高低位後就自動計算出黃金比率的答案，如以下網頁：

**黃金比率計算工具：**

https://hk.investing.com/webmaster-tools/fibonacci-calculator

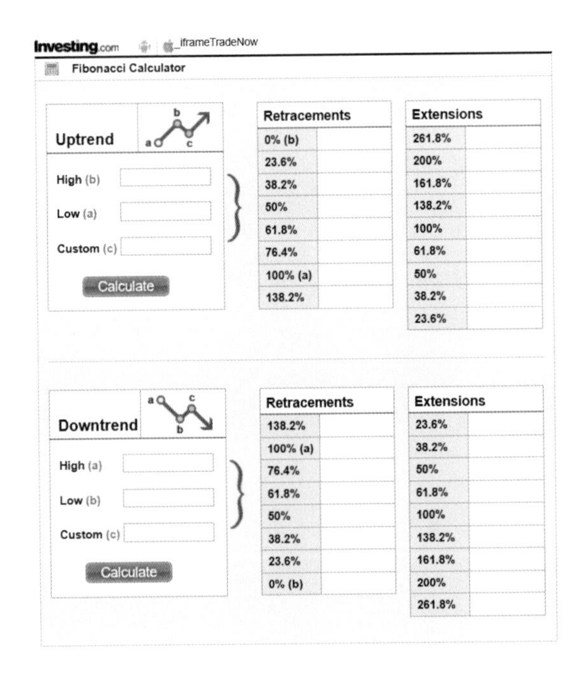

Chapter THREE

# 陰陽燭及形態的應用

# Chapter FOUR
# 期指短炒心得

愛投資．愛自己
Earn Money, Be Happy!

# 炒期指時應該如何利用上日高位

炒期指時筆者發現特別多人會看上日高位是多少，但用法其實好多都是錯的。有很多人會用上日高位或低位當作入市位，就是因為既然上日大家都覺得這個位已經是最低了，那本日又再跌至這個價位，反彈的機會就應該更大。

而上日高位也是如此，既然上日已有很多人覺得這個已經是最高位，如果今天又升至這個高位，價格就應該會遇上阻力。這是很多人的想法，但肯定真實炒時沒用。

很多年前學炒期指時，師傅已說過，炒期指要留意大戶的想法。期指為甚麼買賣差價仍有兩點至三點？而美國的期貨如標普、納指期貨就是他們的期指，買賣差價就只有一格或1點！原因就是人家的市場深度夠大，參與的人夠多，資金也多，大戶要舞高弄低的成本就會大得多。

所以炒美期其實要睇大戶的手法相對較少，但炒期指就一定要留意。不過，大戶的交易未必要在交易所內進行，可以與其他對手在場外進行，又或在投資銀行的「黑池」進行。但當市況淡靜之時，大戶要找對手做交易也會變得較困難，那還未成交的「柯打」，便會直接投入場內。當然不到最後大戶也不會這樣做，因為在場外做交易，成本會較低，除非一直也沒有承接，才迫不得已要在場內做交易。

由於大戶的買賣盤都十分巨大，這樣立即令市場的波動變得更大。過去在電腦還未流行之時，應不少投資者都曾在老一輩的人口中聽過，大戶喜歡「製造」一些圖表走勢出來，比如人為地推高或「質低」股價，做成圖表上看到散戶愛看的形態如「頭肩底」、「圓底」、「雙底」等走勢吸引散戶入市接貨。

不過，時至今日，大戶在場外的交易對手越來越多，市況暢旺之時要做交易並不困難，市況淡靜之時才需要這樣做。所以市況淡靜的時候千萬不要留意上日高位及低位，大戶的「圖表操控手法」，最喜歡運用的就是上日高位及上日低位。

因為散戶若果已沽期指，如果期指不斷升，他們都愛用上日高位來當作止蝕位。假設上日期指高位是 20,000，若大量散戶在 19,900 已沽出期指，如果期指在 19,900 至 20,000 之間上落，這些散戶都不會傾向立即止蝕，不過如果期指突然升穿了 20,000，大量的散戶反而會接近同一時間在這個價位止蝕。由於已沽出期指要平倉止蝕便等同很多人要同時買入期指，這反而會推高了期指的價格。所以升穿了上日高位 20,000 後，期指未必會立即回落，很可能會繼續升，甚至多升逾百點至 20,100 也可以。

上日低位其實也是如此，原理也與上日高位接近，甚至用在股票上也會適合。

比如股票 A 上日低位是 10.5 元，假設散戶在 11 元買入股票 A，若然股價跌穿 10.5 元時便大多會立即止蝕。大戶看透這一點，當股票 A 的股價下跌，還未觸及 10.5 元，那用少量貨源把股價「質低」，只要跌穿了 10.5 元，來自散戶的止蝕盤隨時引發股價急跌，很可能短時間內由 10.5 元跌至 10 元以下，那大戶便能快手執平貨，買夠想買的貨。

另外，不少散戶都愛留意一些齊頭位。比如股票 B 的股價是 103 元，那 100 元這個齊頭位便會引起很多散戶的關注，若然跌穿 100 元必定會出現一輪止蝕的沽盤。大戶要買貨又買不足的話，最容易的方法便是把股價質低至 100 元以下，齊頭位被跌穿之時，散戶都有一種習慣，先是止蝕，然後又會吸引到很多其他的散戶入市吸納。如股票 B，很可能由 103 元至跌穿 100 元，會突然急跌至 95 元，但很可能一至兩個交易日又會回升至 100 元以上。大戶便是利用這個特性，「質低」股價至 100 元引發來自散戶的止蝕盤後大手吸納，再由其他散戶把股價再推高至 100 元以上，短時間內手上貨源已可有賬面利潤。

學到這裡，自己才明白一點，市場就是會有大戶去「引爆」一些高低位。當期指升至上日高位，不要以為上日高位就是阻力，只要十分接近上日高位，都很可能被「引爆」，而且升穿了上日高位後，股價繼續升的機會其實更大。

學了師傅的理論，但到自己實戰時又發現一點，其實大戶會否引爆上日的高位是「有路可捉」的。若果上日高位是由幾枝大陽燭組成，代表上日已升得很急，然後雖然升至高位後回落，但回落幅度不夠是整個升浪的三分之二，其實代表了買盤真的很強。

到了第二日，大戶要引爆這些高位才會更容易，如下圖：

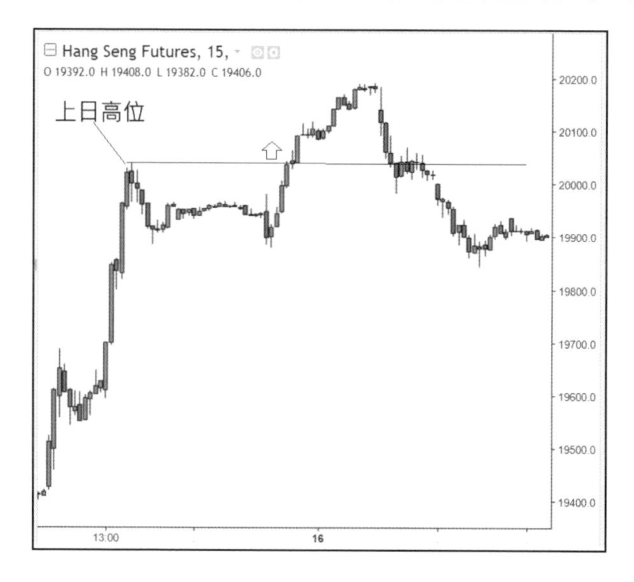


上日高位是 20,038，可以看到上日高位在 15 分鐘圖上，整個升浪只是由幾枝大陽燭便完成，升浪十分之急。而且創出新高後，雖然期指的走勢回落，但回落幅度沒有達到整個升浪的三分之二。

到了第二日，期指在中段升穿了上日高位 20,038，其實當價格接近上日高位時已可判斷到大戶有機會「引爆」上日高位。到升穿 20,038 後，期指不但沒有回落，反而一直急升至 20,191，由升穿上日高位計起，升浪再延續了達 153 點。

另外，下圖也是類似的情況，其實大戶「引爆」上日高位的情況根本經常出現：

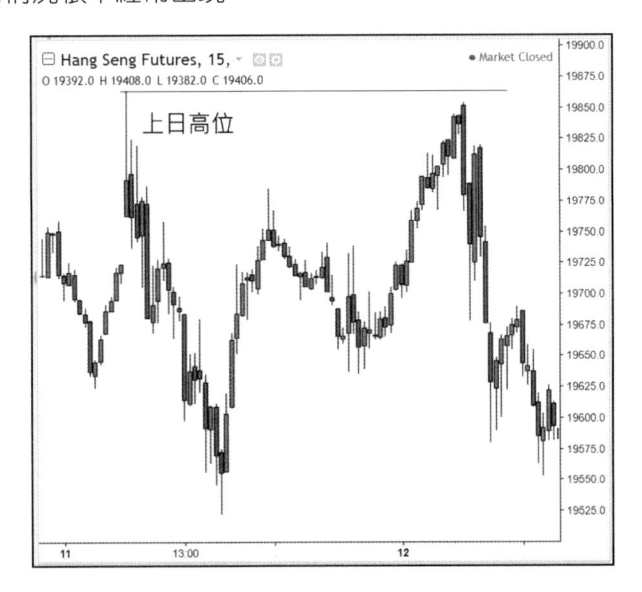


不過，大家可以看到下圖，上日高位只是因為當日裂口高開而造成，裂口高開後期指便回落，而且回落的幅度已超過升浪起點開始計起的升幅三分之二。故此，這個高位要引爆便有點困難，期指未升至上日高位已可能有大量沽盤，大戶要再推高的成本就很大。

可以看到，期指只是升至上日高位接近的水平已開始見頂回落，回落的速度也很急。這時候上日高位便是真正的阻力，但並不是真正要升至上日高位才能造淡，「接近」上日高位時已應該入市造淡。

其實在市場日子久了，大戶的手法與部署，不少專業炒家也略知一二。特別是市況淡靜之時，大戶無可避免要回到場內交易，手法不外乎那幾種，在市場累積一定經驗後，便懂得如何去利用。當市況淡靜之時，特別是一段時間沒有重大消息出現，留意到價格跌穿上日低位，這根本不用擔心，很可能這是大戶所為。除了已入市的不用急於止損外，未入市的更可以跟隨大戶入市。

# Daytrade 就要學懂
# 期指價格深度分析（一）

筆者大約在五年前才開始學炒期指，原因認為期指的波動更大，更適合 Daytrade。最初就是跟師傅學「盤路」，甚麼是腿 1、腿 2，其實最初根本聽得「一頭霧水」，然後師傅又說炒期指要看滬深 300 指數，最初更加不明白為甚麼。

到後來又再由基本入手，最記得師傅問我：「其實你知道甚麼是 HKATS 嗎？」自己當時其實根本不懂，以為期指就是像買大細一樣炒上或炒落，十分簡單。

師傅說，期指炒家買賣期指就是透過期貨交易所的自動交易系統（HKATS）進行，系統其實在 1995 年 11 月已經開始啟用，其後到了 2013 年 10 月提升至全新技術的 Genium INET 平台，其實 HKATS 是一個以交易為基礎的網絡系統，不論是一般投資者、機構投資者或莊家，也於同一個中央市場進行交易。同時，所有買賣盤均嚴格地根據價格及時間優先次序進行交易。簡單來說，透過 HKATS 用家可在電腦螢光幕上看見最新價格信息，以及按買入或賣出價來執行期指的買賣盤。

另外，HKATS 提供期指的交易價格及數量、全日最高及最低價格，以及成交額等的準確數據，更提供了實時期指價格深度讓用家來分析市場動態，價格深度才是 Daytrade 期指必須學懂分析的數據。

其實所謂期指價格深度就等於股票的買賣盤。若果大家也像我當年一樣不太明白，可以想想，在股票市場上，買股票的價格如果和賣的價格不同，就成交不了。有一群人在等著買，一群人在等著賣。

他們都「掛」出了自己委託的價格。於是就讓他們排隊，出價最高的買者，和出價最低的賣者，有最優先的權利，其後的則依次排隊。在這些「掛」出的價格中，買和賣兩個最接近的價格，買的就叫買一，賣的就叫賣一。比買一的低一點排在第二的價格，就叫買二。同樣，排隊在賣的裡面比賣一高點的就是賣二。

當然，買一和賣一總是差一點點。如果誰都不讓步，大家就僵持著，成交不了。

這時候若有想買的人出價等於賣一的價格，就會成交，師傅說這個稱之為「外盤」；又或有想賣的人出價等於買一的價格，也能成交，這就稱之為「內盤」。

期貨市場也是一樣，所謂期指的價格深度，便是看買二、買三……以及賣二、賣三……等買賣各五個隊中的價格及打算買入或賣出的數量，從而分析買賣雙方的力量。

恆生指數 12838.92 ↑20.82 (+0.16%) 成交額 81.67億 國企指數 4451.5 ↑4.990 (+0.11%)
期指即月 12820 ↑32 低水 19 成交量 48268 滬中企業 1377.05 ↑8.450 (+0.62%)

圖表 | 新聞 | 期貨／期權 | 圖表通 | 更改資料 | 列印 | 通告

期貨：21000　21000 恆 生 指 數 期 貨

HSI 13650 +21.15 (+0.155%) EAS: 1363 16:15:01 HKT

| 一月 | | 二月 | | 三月 | | 六月 | |
|---|---|---|---|---|---|---|---|
| 買入〔張數〕 | 賣出〔張數〕 | 買入〔張數〕 | 賣出〔張數〕 | 買入〔張數〕 | 賣出〔張數〕 | 買入〔張數〕 | 賣出〔張數〕 |
| 13637 (272) | 13638 (238) | 13632 ( 1) | 13635 ( 4) | 13520 ( 7) | 13550 ( 1) | 13420 ( 5) | |
| 13636 (210) | 13639 (216) | 13631 ( 6) | 13636 ( 4) | 13510 ( 2) | 13560 ( 1) | 13380 ( 1) | |
| 13635 (306) | 13640 (122) | 13630 (31) | 13637 ( 2) | 13500 ( 2) | 13574 ( 5) | 13350 ( 2) | |
| 13634 (202) | 13641 (190) | 13629 (24) | 13638 ( 2) | 13490 ( 1) | 13630 ( 1) | 13330 ( 2) | |
| 13633 (230) | 13642 (111) | 13628 (15) | 13639 ( 1) | 13450 ( 1) | 13865 ( 7) | | |
| 最新〔張數〕 | 13637 ( 4) | 最新〔張數〕 | 13635 ( 10) | 最新〔張數〕 | 13546 ( 1) | 最新〔張數〕 | 13410 ( 1) |
| 溢價 | -13 | 溢價 | -15 | 溢價 | -104 | 溢價 | -240 |
| 升跌 | +43 | 升跌 | +36 | 升跌 | +39 | 升跌 | +13 |
| 升跌〔%〕 | +0.316% | 升跌〔%〕 | +0.265% | 升跌〔%〕 | +0.289% | 升跌〔%〕 | +0.097% |
| 成交 | 10668 | 成交 | 24524 | 成交 | 55 | 成交 | 28 |
| 前收市 | 13594 | 前收市 | 13599 | 前收市 | 13507 | 前收市 | 13397 |
| 擬定開市價 | | 擬定開市價 | | 擬定開市價 | | 擬定開市價 | |
| 開市價 | 13615 | 開市價 | 13609 | 開市價 | 13544 | 開市價 | 13397 |
| 最高價 | 13663 | 最高價 | 13659 | 最高價 | 13567 | 最高價 | 13437 |
| 最低價 | 13579 | 最低價 | 13563 | 最低價 | 13499 | 最低價 | 13397 |
| 收市價 | 13620 | 收市價 | 13576 | 收市價 | 13500 | 收市價 | 13435 |
| 未平倉合約 | 51561 | 未平倉合約 | 90005 | 未平倉合約 | 3137 | 未平倉合約 | 485 |
| 本月最高 | 14298 | 本月最高 | 14300 | 本月最高 | 14200 | 本月最高 | 14063 |
| 本月最低 | 13285 | 本月最低 | 13290 | 本月最低 | 13207 | 本月最低 | 13110 |

五個最佳的買入價及沽出價

最新成交價格及張數

21004 小 型 恆 生 指 數 期 貨

| | 前收市 | 最新(張數) | 買入(張數) | 賣出(張數) | 升跌 | 升跌(%) | 溢價 | 成交 | 開市價 | 最高價 | 最低價 |
|---|---|---|---|---|---|---|---|---|---|---|---|
| 一月 | 13594 | 13638 ( 3) | 13637 (69) | 13638 ( 3) | +44 | +0.324% | -12 | 936 | 13610 | 13664 | 13580 |
| 二月 | 13599 | 13633 ( 1) | 13631 ( 1) | 13633 ( 1) | +34 | +0.250% | -17 | 4181 | 13620 | 13660 | 13564 |
| 三月 | 13507 | 13542 ( 1) | 13508 ( 1) | | +35 | +0.259% | -108 | 33 | 13520 | 13550 | 13490 |
| 六月 | 13397 | 13425 ( 1) | 13300 ( 1) | | +28 | +0.209% | -225 | 3 | 13388 | 13425 | 13388 |

以上是當年師傅給我的教學，自己也保留到現在。他說，看期指的買賣盤與分析股票的買賣盤路一樣，是必須認識的技巧，特別對短線炒家而言尤其重要。

**其實期指的買賣盤分析有以下兩種情況：**

分析買賣盤最先要明白一點，排隊買入或賣出的可以是大戶也可以是散戶，但追價買入或賣出，出現「外盤」或「內盤」的話，則大多是散戶，因為大戶早已有所部署，故甚少追價入市，也無需追價入市，只要見升買升，見跌買跌的心急散戶才會追價，只有開市最初段才會有大戶追價入市的情況發生，這涉及「開市前時段」的因素，在〈Daytrade 就要學懂 期指價格深度分析（二）〉有詳細解釋。

## 1) 比較五個最佳買盤掛出的買盤數量與五個最佳賣盤掛出的賣盤數量

### 例子（一）

| 二月 | |
|---|---|
| 買入(張數) | 賣出(張數) |
| **23837(210)** | **23838(230)** |
| 23836(200) | 23839(205) |
| 23835(230) | 23840(215) |
| 23834(198) | 23841(185) |
| 23833(135) | 23842(155) |
| 最新(張數): | 23837(5) |

五個最佳買入價掛出的買入張數合共為973張

五個最佳賣出價掛出的賣出張數合共為990張

▼

| 二月 | |
|---|---|
| 買入(張數) | 賣出(張數) |
| **23837(315)** | **23838(230)** |
| 23836(298) | 23839(205) |
| 23835(288) | 23840(205) |
| 23834(280) | 23841(165) |
| 23833(249) | 23842(155) |
| 最新(張數): | **23837(5)** |

首個最佳買盤的數量突然急升至315張

最初買賣兩邊的數量十分接近，一般情況下每個價位都會有 100 至 250 張的買賣盤掛出，這是正常情況。五個最佳買入價掛出的買入張數為 970 張，而五個最佳賣出價掛出的賣出張數為 990 張，兩者差距不大。

但突然排第一的買盤數量急增至 300 張以上，五個最佳買入價掛出的買入張數超過五個最佳賣出價掛出的賣出張數達 300 張，則是散戶正因某些突發消息蜂擁入市，超短線期指急升的機會很大。例子中，首個最佳買盤的數量突然急升至 315 張，而五個最佳買盤掛出的數量也急增至 1,430 張，較五個最佳賣盤的 960 張，高出 470 張。

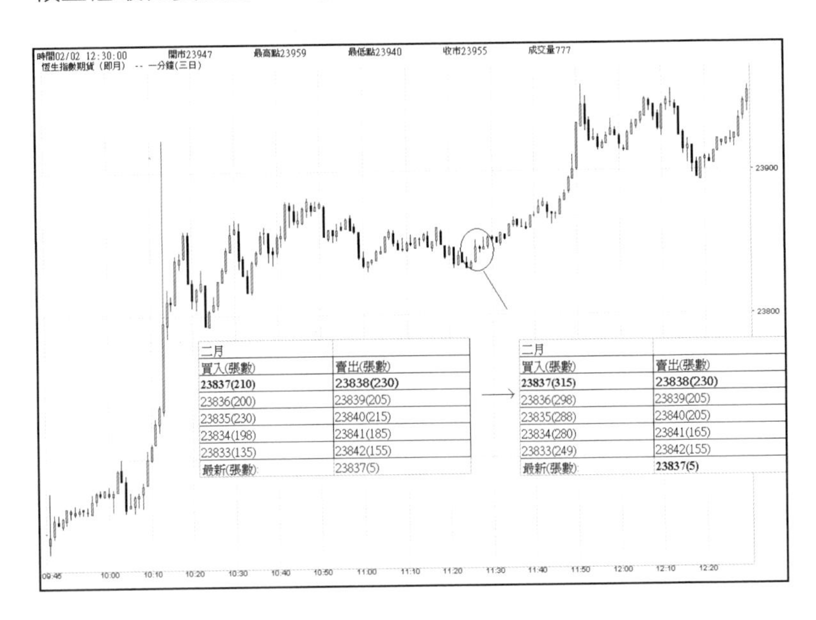


排隊買升或買跌的可以是散戶也可以是大戶。同樣的方法也可以應用在賣盤突然大幅增加的情況中，代表市況即將下跌的機會較大。不過大家要留意，在上升中的市況中，若排隊買跌的數量大增，有時候只是「假象」，屬大戶「震倉」的技倆，只是嚇嚇散戶。一般來說，若從盤路去分析，以排隊買升的盤路較排隊買跌的盤路可信。

## 2) 急跌市中「內盤」急增，逐漸變為「外盤」增加，是入市造好的機會。

有賣的人出價等於「買一」的價格然後立即成交，稱之為「內盤」，但正如上文已提及，只有散戶才會追價，大戶不會這樣做。若不斷出現內盤，特別是在急跌市中，是散戶恐慌性拋售的情況，一般來說這種情況發生，市況往往會很快作出反彈，特別是由「內盤」增加，到演變成「外盤」增加的情況出現之時。

| 二月 | |
|---|---|
| 買入(張數) | 賣出(張數) |
| **23377(315)** | 23378(230) |
| 23376(298) | 23379(205) |
| 23375(288) | 23380(205) |
| 23374(280) | 23381(165) |
| 23373(249) | 23382(155) |
| 最新(張數): | **23377(30)** |

以「買一」立即成交的張數達30張

▼

| 二月 | |
|---|---|
| 買入(張數) | 賣出(張數) |
| **23376(299)** | 23377(228) |
| 23375(273) | 23378(212) |
| 23374(260) | 23379(193) |
| 23373(253) | 23380(165) |
| 23372(249) | 23381(155) |
| 最新(張數): | **23376(50)** |

以「賣一」立即成交的張數急增至50張

▼

| 二月 | |
| --- | --- |
| 買入(張數) | 賣出(張數) |
| **23374(299)** | 23375(228) |
| 23373(273) | 23376(202) |
| 23372(260) | 23377(199) |
| 23371(253) | 23378(165) |
| 23370(249) | 23379(155) |
| 最新(張數): | **23374(93)** |

**以「賣一」立即成交的張數急增至93張**

▼

| 二月 | |
| --- | --- |
| 買入(張數) | 賣出(張數) |
| 23376(265) | **23377(299)** |
| 23375(273) | 23378(202) |
| 23374(220) | 23379(183) |
| 23373(253) | 23380(175) |
| 23372(249) | 23381(155) |
| 最新(張數): | **23377(45)** |

**由「買一」立即成交，突然變爲由「賣一」立即成交，出現「外盤」。**

同樣的方法除了可以在急跌市中找到造好機會，也可以在急升市中，找到造淡的機會。急升市中，「外盤」急增，代表有買的人出價等於「賣一」的價格然後立即成交，但「外盤」其實與「內盤」一樣都是散戶一手造成居多。散戶見急升市中心急買貨，大戶卻將持貨全推給散戶，這種情況下，期指大多會很快見頂回落。當留意到突然「外盤」減少，但「內盤」卻在增加，則期指由高位向下調整的時間已不遠。

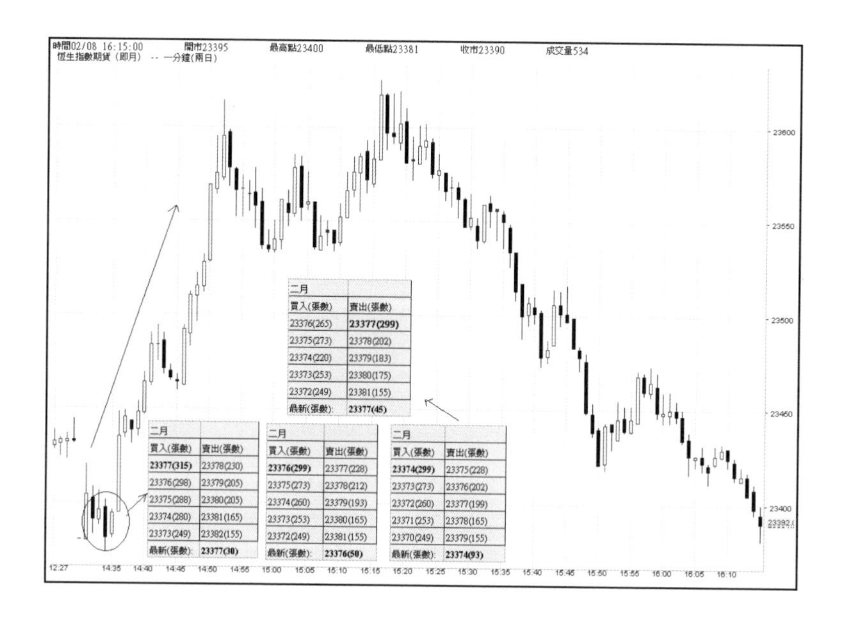


以上的是看「外盤」及「內盤」的基礎，還有就是如何留意開市初段的走勢，下一篇會再講解。

# Daytrade 就要學懂期指價格深度分析（二）

上一篇已講解了如何分析盤中的期指價格深度，但師傅說這套方法應用在分析開市初段的價格深度，效果會更大。

其實當初學習時，是甚麼是「開市前時段」也搞不清楚。師傅說其實早於2000年本港期指市場引入的「開市前時段」，是在正常交易時間前的30分鐘，並分為連續三節時間進行，讓投資者輸入所有的買賣盤，每節各有不同的落盤及取消買賣盤的限制。

| 開市前時段的三節分佈如下（見表） | | | |
|---|---|---|---|
| 第一節<br>開市前時段 | 共26分鐘 | 上午9時15分至上午9時40分59秒 | 下午2時正至下午2時25分59秒 |
| 第二節<br>開市前配對時段 | 共2分鐘 | 上午9時41分至上午9時42分59秒 | 下午2時26分至下午2時27分59秒 |
| 第三節<br>開市時配對時段 | 共2分鐘 | 上午9時43分至上午9時44分49秒 | 下午2時28分正至下午2時29分59秒 |

簡單來說，第一節有26分鐘，這時間全部投資者各自輸入自己想買或賣的價格，那麼交易所便找到最高價與最低價的範圍。到了第二節，就只有2分鐘，全部投資者只能輸入競價盤，但不能有指定的買入價或賣出價，故此只可以輸入要買或賣多少，但不能指定價格。其後交易所的系統便會在

第三次開始為買家及賣家配對，並計算出開市價。而未能配對的便會在開市後自動更改為限價盤。

若大家要「做出」一個有利自己的開市價其實十分簡單，在第一節中分別輸入一個「極高價的限價買盤」，以及一個「極低的限價賣盤」，這樣計算開市價的高低幅度便會很大。然後在第二節分別在兩邊輸入大量買盤及賣盤，最終開市價一定不合理地偏高或偏低。

假設期指開市價嚴重偏高，大戶便會立即把握機會在高位造淡，直至價格回復正常水平便平倉獲利。相反若期指開市價嚴重偏低，大戶便會在低位大量造好，直至價格回復正常水平便平倉。

其實大家也明白開市前時段令市場容易被操控，正如股票市場已取消了這個開市前時段，以防被有心人利用舞高弄低，但期指市場卻仍沿用至今。監管機構多年以來，一直都有針對這手法進行調查，但「你有張良計，我有過牆梯」，有心人亦不斷將手法改良以迴避監管。如最初輸入的限價買盤和賣盤，以及第二節的競價盤，數年前大戶大多會用同一經紀行發出，但為了避免監管機構的質疑，於是又兵分三路，限價買賣盤分別由不同人於不同經紀輸入，自己只負責競價盤以左右開市價。

作為散戶，我們無法阻止大戶的做法，但卻可以留意開市初段的盤路捕捉入市機會。我們要掌握的時機是：不合理的開市價出現後，大戶會大舉入市，直至價格回復合理水平便平倉離場，而大戶大舉平倉卻會令市況立即逆轉，這便是我們要捕捉機會的時間。

但大家要留意一點，很多投資者都有誤解，認為期指裂口高開必定是價格偏高變得不合理，後市回落的機會較大，而裂口低開則是價格偏低，後市反彈的機會較大。但其實若價格大幅高開，並不一定代表價格偏高，這是很多投資者錯誤的想法。比如裂口高開 100 點，但真正合理的水平應是高開 200 點，那大戶其實是利用開市前時段「質低」了開市價，令其裂口高開的幅度減少，而開市後大戶要做的不是推低期指，而是將期指再推高，令其回復合理水平。

同樣地，若期指裂口低開，並不一定代表價格偏低，有可能是大戶在開市前時段將其推高，故裂口低開後仍會再下跌才回復合理水平。

由於開市價不合理，機會一閃即逝，大戶大多會大舉追價入市，故上文曾提及，只有開市最初段才會有大戶追價入市的情況發生，便是這個道理。

**應用法則：**

1) 當出現「外盤」（以賣一成交）或「內盤」（以買一成交）可以高達百張成交以上，明顯是大戶所為，要特別留意。
2) 當發現達百張成交的「外盤」出現，是大戶先推高期指至回復合理水平，這時「買一」掛出的張數大多會超過 300 張，明顯地比「賣一」為高。其後「買一」掛出的張數會逐漸減少，更會出現達百張成交的「內盤」，這是由升轉跌的時機，大戶推高期指回復至合理水平後平倉離場的徵兆。
3) 若發現達百張成交的「內盤」出現，是大戶先推低期指的表現，這時「賣一」掛出的張數大多會超過 300 張，明顯地比「買一」為高。其後「賣一」掛出的張數會逐漸減少，更會出現達百張成交的「外盤」，市況大多會由跌轉為升，是大戶「質低」期指至合理水平後平倉離場的時間。

例子：

期指開市後，留意到期指價格上升，不斷有達百張成交的「外盤」，「買一」掛出的數量更不時超過 300 張，這反映了大戶正在追價入市。

| 二月 | |
|---|---|
| 買入(張數) | 賣出(張數) |
| **23990(330)** | **23991(288)** |
| 23899(283) | 23378(250) |
| 23898(250) | 23379(233) |
| 23897(243) | 23380(205) |
| 23896(239) | 23381(155) |
| 最新(張數): | **23991(130)** |

**「買一」有逾300張掛出**　**錄得逾百張成交的「外盤」。**

| 二月 | |
|---|---|
| 買入(張數) | 賣出(張數) |
| **23376(399)** | **23999(265)** |
| 23375(273) | 23378(232) |
| 23374(220) | 23379(183) |
| 23373(253) | 23380(175) |
| 23372(249) | 23381(155) |
| 最新(張數): | **23999(145)** |

**「買一」掛出的數量仍然龐大。**　**繼續錄得逾百張成交的「外盤」。**

| 二月 | |
|---|---|
| 買入(張數) | 賣出(張數) |
| **23376(399)** | **24021(299)** |
| 23375(273) | 23378(202) |
| 23374(220) | 23379(183) |
| 23373(253) | 23380(175) |
| 23372(249) | 23381(155) |
| 最新(張數): | **24021(138)** |

**「買一」掛出的數量更大。**　**再錄得逾百張的「外盤」成交。**

其後期指急升了逾 100 點後，「外盤」逐漸消失，反而達百張成交的「內盤」逐漸出現，這是大戶平倉的徵兆，若然同時引發散戶入市，跌勢將會更大。

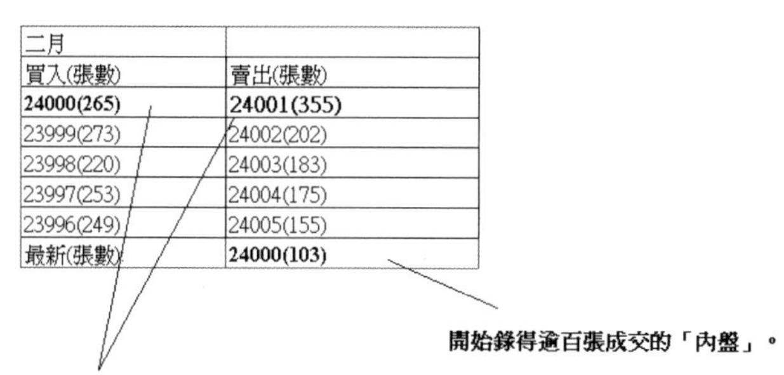

| 二月 | |
|---|---|
| 買入(張數) | 賣出(張數) |
| **24000(265)** | **24001(355)** |
| 23999(273) | 24002(202) |
| 23998(220) | 24003(183) |
| 23997(253) | 24004(175) |
| 23996(249) | 24005(155) |
| 最新(張數) | **24000(103)** |



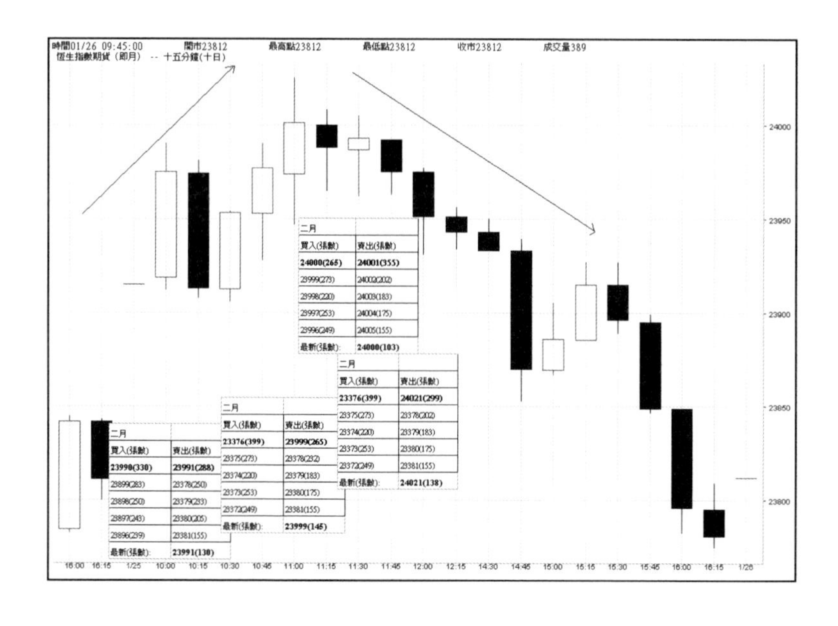

# 留意期指每半小時成交張數變化

上一篇講解了期指價格深度分析的原理，但 Daytrade 期指還要留意成交量的變化，其實分析期指的走勢也像分析股票一樣，成交量的變化往往是更重要的資訊。所謂量比價先行，這個概念每個有經驗的投資者都會明白，若懂得「解讀」成交量的變化所帶來的訊息，要在期貨市場上賺錢便變得更容易。

股票的成交量分為成交股數與成交金額，但期指的成交量是每張計算的。大家每天都可以找到當日期指成交的張數，甚至每小時、每半小時或每 5 分鐘的成交張數都有分析價值，特別是每 5 分鐘的成交張數，對短炒客來說更別具意義。

若大家有留意美股或芝加哥期貨交易所，每天公布一些市場的統計數據之時，都是以半小時來劃分的，可以說多年來全球短線的投資者，都習慣了將市場每「半小時」來分析。而本港的期貨市場（不計夜期）每天合共有 6 小時 15 分鐘的交易時間，那每天便有 13 個「半小時」。這 13 個「半小時」裡，只要留意最初三至四個「半小時」的成交量變化，便大多能預測到全日餘下時間的走勢。

不過大家要留意，在香港期指開市的時間為上午 9:15，而收市的時間為下午 4:30，中午休息的時間為 12 時至 1 時。為了方便起見，上午 9:15 至 9:30 這個時間視為一個「半小時」間隔，那每天（不計夜期時段）便合共有 13 個「半小時」間隔。

**恆指期貨每「半小時」的劃分如下：**

| 時間 | 間隔 |
|---|---|
| 9:15 至 9:30 | 第 1 個半小時間隔 |
| 9:30 至 10:00 | 第 2 個半小時間隔 |
| 10:00 至 10:30 | 第 3 個半小時間隔 |
| 10:30 至 11:00 | 第 4 個半小時間隔 |
| 11:00 至 11:30 | 第 5 個半小時間隔 |
| 11:30 至 12:00 | 第 6 個半小時間隔 |
| 13:00 至 13:30 | 第 7 個半小時間隔 |
| 13:30 至 14:00 | 第 8 個半小時間隔 |
| 14:00 至 14:30 | 第 9 個半小時間隔 |
| 14:30 至 15:00 | 第 10 個半小時間隔 |
| 15:00 至 15:30 | 第 11 個半小時間隔 |
| 15:30 至 16:00 | 第 12 個半小時間隔 |
| 16:00 至 16:30 | 第 13 個半小時間隔 |

有些炒家會習慣看每 1 分鐘、每 5 分鐘，或每小時的成交量，但筆者的經驗就覺得每半小時的成交量變化，對預測市況是最準確的。其實很多資深的炒家也有這個習慣，長期下來，入市及平倉的習慣都傾向每半小時將近完結的時間便會「出手」。

故此當某一個半小時的成交張數明顯較上一個半小時為小的時候，大多是市況將近逆轉之時，若然出現連續兩個「半小時」都比上一個「半小時」的成交張數為少的話，則市況即將逆轉的機會更大。

意思是若價格一直在上升，但出現連續兩個「半小時」的成交張數都在下降，那當日的走勢很可能便在下一個「半小時」便見頂回落。同樣的情況若發生在跌勢之中，則很可能市況即將見底回升。

例子（一）：

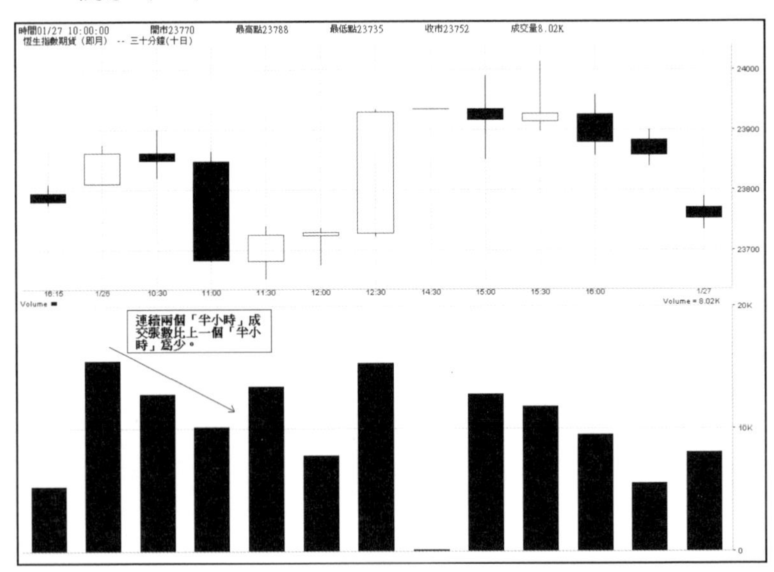

上圖可看到，期指當日高開後升至 23,900 點便開始回落，在開市初段當日的期指跌勢甚急，但留意在上午 10:00 至 10:30 的成交張數為 12,770 張，比上一個半小時的 15,500 張為少，其後 10:30 至 11:00 的成交張數為 10,110 張，又比上一個半小時為少。

這時便應預計得到，在下一個半小時 11:00 至 11:30 的時間裡，期指走勢逆轉的機會很大。結果當日期指於上午 11:30 後便由低位 23,653 點開始回升，其後到了下午 3:30 更升至最高見 24,012 點，在短短時間兩小時裡，升幅達 359 點。

例子（二）：

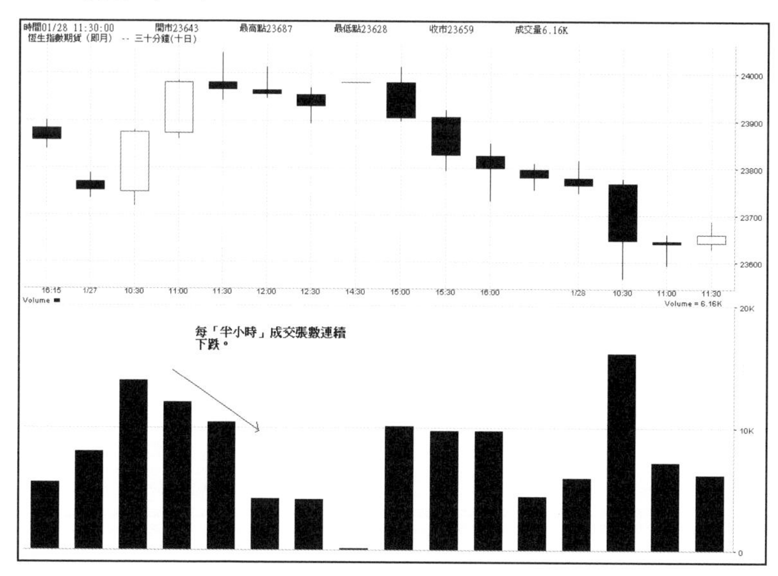

再看另一個例子。上圖中，期指當日開市後便急升，並於上午 11:00 左右的時間升穿 24,000 點水平。大家留意 10:30 至 11:00 及 11:00 至 11:30 這兩個半小時的期指成交張數，其實都在不斷下跌。10:30 至 11:00 的成交張數為 12,030 張，較 10:00 至 10:30 的成交張數 13,830 張為少，而 11:00 至 11:30 的成交張數為 10,430 張，又比 10:30 至 11:00 的為少。這意味著期指在當時見頂回落的機會很大，結果期指於 11:30 後便由高位回落，其後更跌至低見 23,730 點，跌幅逾 200 點。

其實價格變化僅僅是市場走勢的「結果」，而買賣雙方的力量對比變化才是走勢的「原因」。在股票市場中，以及期貨市場中都是一樣，「主動性」的買盤出現表示買方一定要買到才甘心，他們不惜價格高一點，也要主動出擊，故此會令價格在短時間內急升。同樣地，「主動性」的賣盤表示賣方一定設法立即賣出，價格再低亦在所不惜，這也會令價格出現急跌。

當量價背離的時候，即價格與成交量呈相反的變化走勢。股價上升而成交量減少或持平，便說明了股價的升勢得不到成交量的支持，這種升勢往往難以維持。若價格下跌但成交量上升，卻是後市低迷的先兆，說明市場人士都惟恐大禍降臨而入市造淡，特別是短線走勢更是如此。大家極度樂觀或悲觀的情緒可以很快地出現，也會很快地「感染」身邊的人，令市況走勢越來越快，直至大家稍為冷靜下來，市況又回復平穩，等待下一輪短線趨勢展開。

這些其實不少投資者早已知道，不過當運用這個概念分析股票時，大家又會發現，這理論並不一定合用。很多時候，價格在上升，成交量也在增加，但市況卻會突然逆轉，其實這可算是某些「莊家」股的特性令傳統的理論失效，但若然用作分析期貨市場，則很少會出錯。

另外，最重要的是期貨可以造淡（買跌），而且十分普遍，看升與看跌的人每天都會在市場上出現，但股票雖然也可以沽空，不過參與的人其實不多，所以分析股票的時候，運用價升量增、量價背離等概念時會較容易出錯。

事實上，期貨市場比股票市場更需要分析成交量，因為市場的交易量大，人為因素較少，好淡雙方的參與程度又相若，這令成交量在期貨市場中絕對是反映人氣聚散的一面鏡子，必須時刻去留意它的變化。

# 平均線是 Daytrader 的救命工具

看到這個標題大家應該也不太明白筆者的意思，但當你實際去運用平均線做交易的工具時，你就會逐漸明白筆者想說甚麼。筆者在這書中已表示過平均線可以很好用，但對於 Daytrader 來說更加是避免大輸的重要工具。

我們先看看下圖，這是期指的 5 分鐘圖表，圖中「圈出」的是入市位，看到 MACD（5,35,5）發出了買入訊號後便入市，然後期指卻在這時候開始由高位回落。若是 Daytrader 應該最怕就是在這個位置入市，因為入市後期指便急跌，想要止蝕都十分困難。

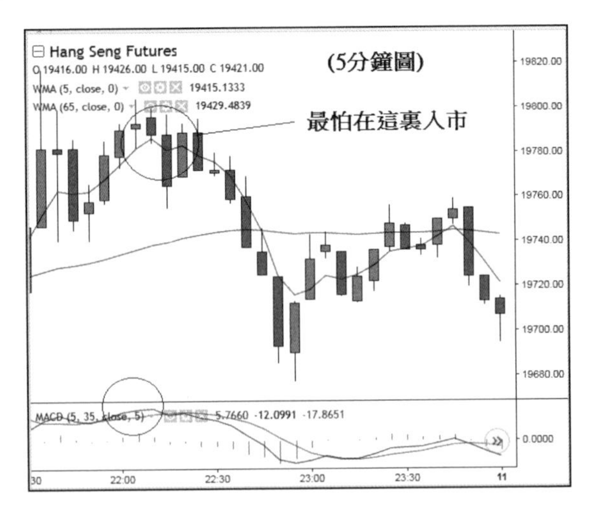

對 Daytrader 來說，「輸唔緊要」，最重要是有空間給你止蝕。假設你買入了期指，可能這次的入市訊號是錯的，買入後期指不升反跌，但要跌也請不要急跌，可能先跌 30 至 40 點左右，然後又有反彈，讓你有向市場「認錯」的機會，以致不會一次便輸很多。

有些時候，當你買入期指，突然期指就在幾分鐘內大跌近百點。這時你的賬面虧損已經超出了你入市前的預期。但價格不會停下來，讓你去想清楚應該先平倉止蝕，還是再等一下，希望能出現反彈。但當你再等時，可能虧損便更加多，不過到你終於按捺不住要平倉時，期指就真的開始反彈。

其實無論你用任何的技術指標、任何的交易策略，都有可能遇上這種情況。假設你用了 MACD、STC、RSI 等工具，當這些工具綜合出一個買入訊號時，也不可能每次都能獲利的，而任何工具綜合出的買入訊號，也有可能有兩種情況：

**第一種入市訊號：　入市的價位與「較長期的平均線」只有很小距離。**

**第二種入市訊號：　入市的價位與「較長期的平均線」有很大距離。**

可以看看下圖：

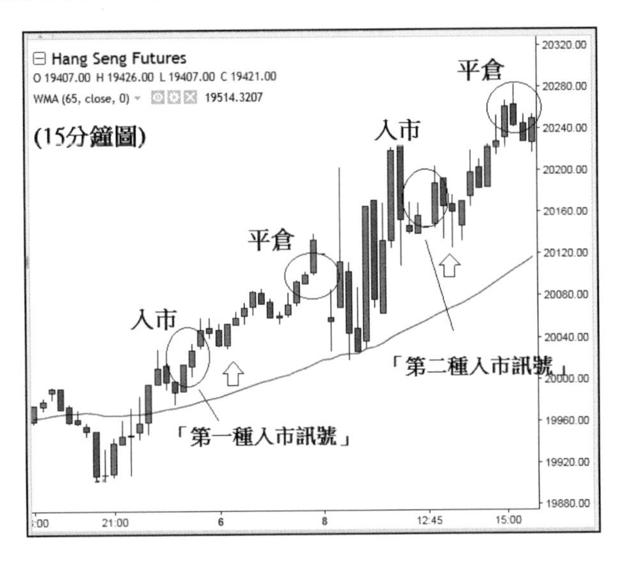


第一種入市訊號，當時的入市價與 WMA（65）的距離只相差約15點，而第二種入市訊號，當時的入市價與WMA（65）的距離就達到近 90 點。

兩個入市訊號在這例子中都能獲利，兩個入市訊號都賺了約 80 點左右。但筆者肯定不會選擇第二種入市訊號，因為距離較長期的平均線太遠。

在即市走勢的圖表上，如 1 分鐘圖、5 分鐘圖及 15 分鐘圖等，加一條較長期的平均線其實有很大作用。所謂較長期的平均線，短期的是指參數為 5、10 或 20 這一類，較長期的就是參數達 50 以上的。

這種平均線在即市圖表中向來不會太波動，所以也特別少人採用，因為根本沒有波動，就難以從平均線中看到趨勢，所以大部分人也只會採用短期的平均線。

但只要大家細心觀察一下，較長期的平均線在即市圖表中就會有較大的支持及阻力。平均線的特性就是這樣，參數越大的提供的支持及阻力的「力度」就越大。

那麼入市訊號要距離較長期的平均線越近越好嗎？因為就是要避免入市買升後，價格突然急跌的情況。即使這次的入市訊號錯了，但價格回落時還有一條較長期的平均線提供支持，跌勢不會太急，有空間給你止蝕，讓你避開了入市後價格急瀉根本沒有止蝕機會的情況。

當然這條「較長期的平均線」最終也有可能被升穿或跌穿的，只是過程中這條平均線能先讓升勢或跌勢放緩，令 Daytrader 也可止蝕離場。

在上述例子中，無論是第一種入市訊號還是第二種人訊號也有機會贏，也有機會輸，但真實交易，第一種入市訊號會讓人更放心入市，因為訊號錯了，仍有平均線來「保命」。

這個方法雖然十分簡單，但真實交易時卻很有用。無論你用任何的交易策略，任何的技術指標來設計你的 Daytrade 系統，不妨也加一個條件，買升時入市價不能高於「較長期平均線」太多，買跌時也不能低於「較長期平均線」很多，這樣你在 Daytrade 時就會更安全。

沒有任何方法、任何入市訊號是百分百準確的，Daytrader 最先就是要學懂「保命」。至於用哪一種平均線，如簡單移動平均線（Simple Moving Average, SMA）、指數平滑移動平均線（Exponential moving average, EMA）、加權移動平均線（Weigted Moving Average, WMA）則要視乎你的個人策略，但筆者的經驗是在 Tick 圖、1 分鐘、5 分鐘等圖表上以 WMA 會較好。

另外，參數要多大才算是「較長期的平均線」？參數最好達到 50 以上，若參數太細，提供的支持及阻力力度就會太弱。如上述例子中，在 15 分鐘圖表上分析期指的走勢，所運用的就是 WMA（65），不過在使用時最好用過去的數據觀察一下，因為不同的入市策略應以不同參數的平均線配合運用。

大家看到這裡應該開始明白，平均線並不是只有「黃金交叉」、「死亡交叉」這些用法的，在實戰時多觀察，其實也會找到很多有用的用法。

# 用恆指反向 ETF 代替期指入場費只幾百元

要在跌市中在「港股市場」賺錢，過去一直有三個選擇，包括了沽空股票、沽期指、買入熊證或認沽輪等。筆者強調是港股市場，因為美股沽空很方便，與港股完全不同。

首先所謂沽空便是先沽出後買入，你明明沒有股票在手，但卻讓你可以先沽出股票，不過你本身沒有股票在手，那如何能在市場沽出？這全賴股票行先借出股票給你去沽，當然借股票給你會要求你付利息，而這些利息也是你沽空的成本之一。

現在某些香港的證券行也有提供沽空的服務，先要在那些證券行開設沽空的戶口，然後進行的過程如下：

**打電話至證券行盤房：**

**↓**

**散戶：「想沽空股票 A」**

**↓**

**股票行回覆：「股票 A 借貨利息 xxx 厘」**

**↓**

**散戶：「沽出 100 萬股股票 A，願意以 xxx 厘借貨。」**

**↓**

**股票行便會作出報價：**

**「股票 A，報價是 61 元／ 61.25 元」**

**↓**

**散戶：「以 61.25 元沽空 100 萬股股票 A」**

但要留意，當你打電話到證券行時，其實股票行會看看股票 A 是否港交所規定可以沽空的股票，此外也要看看是否有貨可借給你。若然某段時間太多人沽空根本無貨可借，便無法讓你借貨，又或貨源太少，所需要收取的利息也會較高。

另外，在香港進行沽空，要遵守港交所的「Up Tick Rule」，意思是股票 A 的買賣價是 61 元／ 61.25 元之時，若然你不是沽空，而是有貨在手想快點沽貨，自然願意以 61 元沽出，即使其後買賣價跌至 60.75 元／ 61 元，你仍未沽出所有股票的話，也會以 60.75 元掛出沽盤，希望盡快出售，特別是見市況正在急跌之時，便想更快沽出手上持貨。不過，沽空由於有「Up Tick Rule」，若股票 A 的買賣價是 61 元／

61.25 元，你只能排隊掛出 61.25 元沽，而不能爭先以 61 元沽出，無論是歐美還是香港也有這樣的沽空限制。

在這情況下，期指便較沽空為好，因為期指在跌市中，不用「排隊」，也不用付利息借貨，只要你看淡後市，自然可快點入場造淡，成交可以在幾秒便完成。而沽空卻有很多限制，即使你預測到某某正股股價即使下跌，也有可能借不到貨沽空而錯失機會。此外，目前沽空的佣金收費一般都劃一是 0.025%，沒有佣金上的優惠，相比之下，期指的交易佣金便宜很多。

一般來說，要造淡的話，筆者仍會建議大家首選沽期指，比如你看淡滙豐（00005）後市，滙豐是恆指的重磅股，滙豐大跌，期指也大跌的機會超過九成，那何不直接去沽期指，至少不用付借貨的利息。除非你知道某某個別股票的重要利淡消息，而這隻股票的走勢又會與整體大市出現背馳，意思是即使恆指上升，大市如何急升，這隻股票都難逃一跌的命運，那你才需要去選擇沽空。

另外，若有天沽空再不需要借貨，同時又除消了「Up Tick Rule」的話，那沽空能賺錢便變得較輕易，屆時才可以再考慮。但沽空雖然不及直接造淡期指好，可是炒期指時，沽空金額的變化卻是一個重要的參考指標，若然某些「特定」的情況發生之時，根據筆者經驗，只要及時入市，能賺錢的機會可以很高。

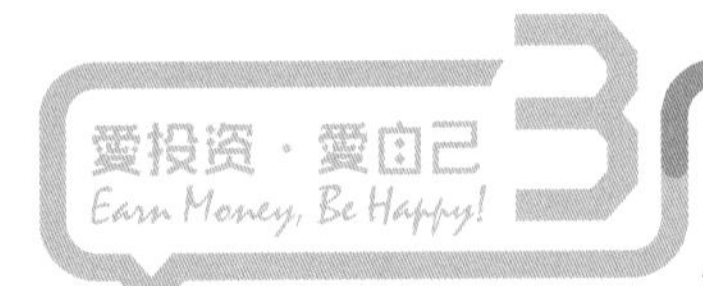


除了沽期指外，還有一個選擇就是用恆指反向 ETF。至於沽期指，執筆時每張期指的按金為 101,944 元，小型期指的按金為 20,388 元，這個入市金額其實並不算適合所有散戶參與，所以仍有些散戶會選擇買入熊證，但未必每隻熊證的條款都適合你，即使找到條款適合的，又可能成交量不足，而且筆者已提及，牛熊證市場就是不太公平。加上牛熊證有可能被強制收回，隨時「突然死亡」，而且也有到期日的限制。而認沽輪更存在時間值不斷下降的問題。

但反向 ETF 就不同，既不會「突然死亡」，也沒有時間值的問題，故此即使看錯方向，一些熱門的反向 ETF 也可死守。

若然看淡大市時，只想運用一至兩倍槓桿，又想投入小量資金以小博大，每手只是幾百元至一千元左右，那反向 ETF 其實是最適合的產品。而且目前市場上不少反向 ETF 的成交量也十分之大，買入後即使短時間內要沽出也不會因成交量不足而「走避不及」。

不過，新手在網上搜尋反向 ETF 的資料時必定會更加混亂，因為介紹它的都會說是屬於「單日」產品，而且又說這種產品設有重新平衡機制（Daily Rebalancing），在重新平衡機制之下，持有產品超過 1 日，或少於整個交易日，有關反產品未必能提供相應的目標回報。

單日？那是否是只能買入後，最遲翌日便要沽出？

持有多於或少於一日，就沒有相應的回報？

看到這些自然會覺得有點混亂，反向 ETF 當然不是只能持有一日，發行商這樣說是因為他們要做對沖，正如賭場不是和你對賭，盈利來自「抽水」。發行商發行反向 ETF 後，買入的人是看跌，那他們作為賣方，不代表他們就是看升，他們會同時沽出相等數量的期指做對沖。當市況上升，你買入了反向 ETF 自然會虧損，若市況下跌，雖然你賺錢，但發行商也同步沽了期指，照樣沒有損失，而且能賺兩者間的價差。

但問題來了，若市況明顯在下跌，那發行商自然可以照以上所說做沽期指做對沖，但若大市急跌 500 點後又再反彈 700 點，然後又再下跌 800 點，若你是發行商，這時你是否應繼續沽期指？

可能大市跌 800 點後，跌勢根本未完，然後再跌 1,000 點，但也有可能跌 800 點，這次反彈幅度更大，反彈達 1,000 點。發行商不是神仙，也會猜不透市況的變化，唯一能做的便是不斷沽期指後，當有小幅反彈便平倉，再下跌又再沽，增加買賣次數，令對沖失誤的損失下降。但不斷沽期指後又平倉，然後又沽再平倉，交易成本便會大幅增加，這成本當然不會由他們負擔，自然會轉嫁給「消費者」，故此當恆指十分波動，其後雖然真的下跌，理論上恆指下跌 1%，你持有 2 倍槓桿的反向 ETF 應上升 2%，但最後升幅卻只有 1.8% 或更低，這是因為發行商扣除了他們的對沖成本。

故此，不少發行商也會說，當市況升勢或跌勢很明顯時，你買入的 ETF 或反向 ETF 才有機會「跟足」恆指升／跌幅，若市況波動便會跟不足。若你持有多於一日，自然跟不足的機會會更大，但不代表你不能持有多於一日。若然你即日平倉，由於發行商還沒完成當日的對沖行動，因根本便未收市，自然也有機會出現跟不足恆指升／跌幅的情況。

執筆時市場上已有不少熱門的反向 ETF，例如 FI 南方恆指（07300）及 FI 二南方恆指（07500）這兩隻「恆指」反向 ETF，以及 XI 二南方恆科（07552）這隻恆生科技指數反向 ETF，每天的成交量也十分之大，也越來越多散戶參與交易。

FI 南方恆指（07300）是（-1X）的反向恆指 ETF，而 FI 二南方恆指（07500）及 XI 二南方恆科（07552）則是（-2X）的反向恆指 ETF。

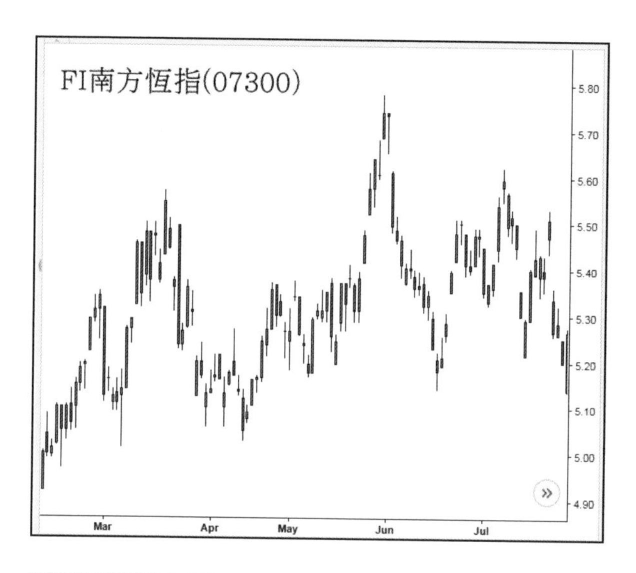
FI南方恒指(07300)
5.80
5.70
5.60
5.50
5.40
5.30
5.20
5.10
5.00
4.90
Mar
Apr
May
Jun
Jul

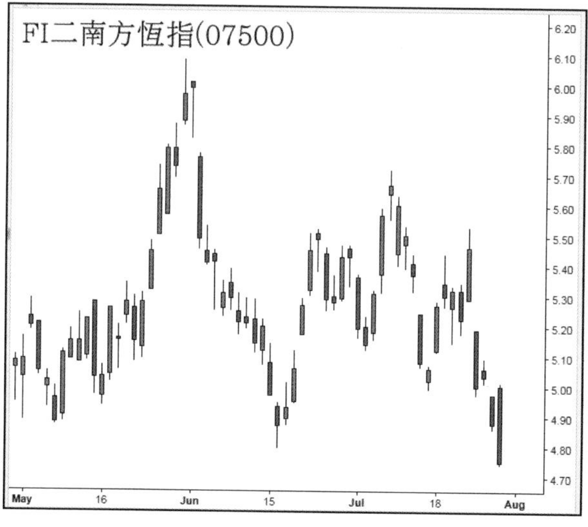
FI二南方恒指(07500)
6.20
6.10
6.00
5.90
5.80
5.70
5.60
5.50
5.40
5.30
5.20
5.10
5.00
4.90
4.80
4.70
May
16
Jun
15
Jul
18
Aug

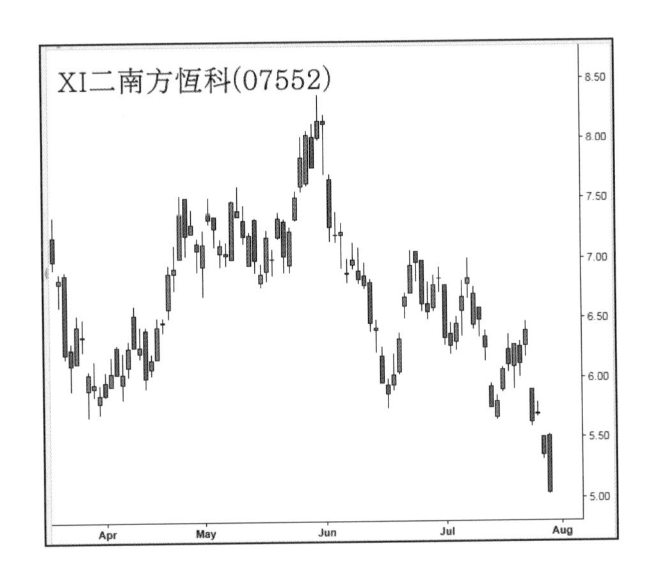


（-1X）代表有一倍槓桿，代表相關指數當日下跌 5% 的話，該反向 ETF 理論上就會升 5%。而（-2X）則為 2 倍槓桿的反向 ETF，若指數下跌 5%，該反向 ETF 就會上升 10%。

反向 ETF 的原理其實也簡單易明，筆者的經驗是，可能短炒數日，恒指大跌時或許反向 ETF 會有一點點跟不足，但至少這類產品沒有牛熊證的「回收價」，不會突然被「打靶」、成交量又夠大，而且入場費十分之低，對短炒甚至 Daytrade 來說都算是很有用的工具。

對沖

筆者多年來學炒股，除了跟師傅學過期指的盤路及程式用法外，其他有很多很多的知識都是從書本得來。不過，若果是入門級的炒家，要看的書與高手要看的書又有不同。筆者就試試為大家設計一份問卷，本書出版前這份問券已給幾十位讀者測試過，其實都算十分準確。測試了你的交易知識水平及天份後，再看看自己應閱讀哪些書籍來增進知識。

**1. 期貨與股票的分別？**

I. 期貨的交易成本較低

II. 期貨市場一般流通量較高

III. 期貨市場能較有效規避系統性風險

A. 只有 I

B. I 及 II

C. I、II 及 III

**2. 下列哪些形容對沖基金屬於正確的？**

I. 對沖基金大致可分為兩類，宏觀對沖基金（Macro）及套利對沖基金（Arbitrage）

II. 對沖基金大多利用衍生工具作槓桿式投資

III. 目前（2006 年）對沖基金的交易金額佔港股的成交比例已高達三成或以上

A. 只有 I

B. I 及 II

C. I、II 及 III

**3. 某基本面不俗的公司將公布業績，若你預期業績不俗，你會選擇何時吸納？**

I. 業績公布前數日

II. 業績公布後證實業績確實不俗後翌日

III. 業績公布後證實業績確實不俗後三日

A. I

B. II

C. III

**4. 期指整月不斷下跌，過往你會採取哪些策略入市？**

I. 逢跌買入，攤平成本，待反彈分批平倉

II. 急跌時立即入市造淡

III. 待反彈時造淡

A. I、II、III

B. I、III

C. 只有 I

**5. 若某人被鱷魚咬著一隻腳，你認爲他應該怎樣做最妥當？**

I. 不斷試圖抽回被咬著的一隻腳

II. 用手臂試圖掙脫或襲擊鱷魚

III. 犧牲被咬著的一隻腳

A. I

B. II

C. III

**6. 你認爲最有效的止蝕方法是：**

I. 聽取別人或專家的意見進行止蝕

II. 利用技術指標，當顯示趨勢逆轉時便止蝕

III. 虧損達到影響你心理狀況的程度時便止蝕，而且每次皆用同一止蝕方法，嚴格執行

A. I

B. II

C. III

**7. 交易系統最早起源於美國的芝加哥期貨市場，有許多投機者利用自己的交易系統賺取了巨額財富。你認爲交易系統的優點包括了以下哪幾項？**

I. 過濾了運氣這因素，讓買賣的成功率提高

II. 降低人為的情緒因素

III. 提升買賣次數，提高回報

A. I、II

B. II

C. III

**8. 你落盤時更換買賣盤的次數？**

A. 一般在落盤後甚少更改

B. 落盤後只會更改三次以下直至成交

C. 落盤後時常更改，並達三次以上

**9. 過去半年內你曾獲得的最高利潤幅度？**

A. 20%

B. 20% 至 50%

C. 50% 以上

**10. 你曾想過倚靠別人來幫你投資嗎？**

A. 一直都希望依靠別人

B. 失敗時曾想過

C. 從未曾想過

**11. 你曾想過以 1 萬元起家，每月獲利 30%，複式增長下，年多的時間便能將 1 萬元變為 100 萬元嗎？**

A. 從未曾想過，因為這個根本沒可能

B. 曾想過，但這個可能性太低，而且自己有一套炒賣

方法，獲利的幅度早已心中有數

C. 曾想過，而且有很大信心做到

**12. 你沉迷研究炒賣技巧的程度？**

A. 被人形容像瘋子一樣沉迷

B. 視此為一種職業去學習

C. 視此為一種消閒玩意去學習

**13. 過往你曾經歷過嚴重虧損使你必須暫停炒賣一段長時間（至少半年以上）嗎？**

A. 曾試過一次以上

B. 只曾試過一次

C. 未曾試過

**14. 入市後遇上市況逆轉，被迫「坐倉」的時間裡，你的腦海裡曾有否想過日常生活的負擔，如子女的升學費用、樓宇按揭或負債等？**

A. 每次遇上「坐倉」時，也會想到這些問題

B. 過去曾很自然有這些想法，但近年已逐漸沒有

C. 市況太快出現逆轉時，便會有這些想法

**15. 曾聽從所謂的「貼士」入市炒賣嗎？（「貼士」可源自朋友、報章或電視等）**

A. 曾試過，但現在已不再相信「貼士」

B. 從未試過

C. 時常聽從「貼士」進行買賣

**各題不同答案所得分數：**

題目 1　A：5
B：3
C：1

題目 2　A：3
B：1
C：5

題目 3　A：5
B：3
C：1

題目 4　A：5
B：3
C：1

題目 5　A：3
B：5
C：1

题目 6　A：5
B：3
C：1

题目 7　A：5
B：3
C：1

题目 8　A：5
B：3
C：1

题目 9　A：5
B：3
C：1

题目 10　A：5
B：3
C：1

题目 11　A：5
B：3
C：1

題目 12　A：5
B：3
C：1

題目 13　A：5
B：3
C：1

題目 14　A：5
B：3
C：1

題目 15　A：5
B：3
C：1

## 毫無勝算型（0至15分）

你不單止沒有潛質成為投資怪傑，基本上炒賣這行為也絕不適合，你還是走吧，這裡只會為你帶來災難！

## 初級新手型（16至35分）

你有了基本的炒賣知識，但某程度仍很希望別人給你指示，這是初學者常見的現象，只要肯努力仍會有無限成功的可能，因為你仍未成型，只要不是培養出一些壞習慣來，仍然有可能成功。建議可參考以下書籍：

1. *The Elements of Successful Trading, by Rotella, Robert P.*
2. *Trade Your Way to Financial Freedom, by Van K. Tharp*
3. *The Disciplined Trader: Developing Winning Attitudes, by Mark Douglas*

## 中階難望成功型（36至50分）

這階段的你已有了錯誤的交易習慣，很多時候更會在重要的關頭出錯，將累積下來的利潤全數輸清，要改善這一點必須花長時間與努力去改善，你並不缺乏知識，但你曾經歷失敗，需要重新糾正交易觀念。建議可參考以下書籍：

1. *How I Trade for a Living, by Gary Smith*
2. *The Stock Trader: How I Make a Living Trading Stocks, by Tony Oz*
3. *Quantitive Trading and Money Management, by Fred Gehm*
4. *The New Money Management: A Framework for Asset Allocation, by Ralph Vince*

## 潛質優厚成功在望型（51 至 65 分）

正確與錯誤的交易觀念同時存在你的腦海裡，只要不斷吸收別人成功的經驗，將正確的交易觀念留下來，同時捨棄錯誤的，便能逐步邁向成功，但期間遇上重大虧損時將會是你的最大考驗，是否能堅持到底便是成功的關鍵。建議可參考以下書籍：

1. *Timing The Market: How to Profit in Bull and Bear Markets with Technical Analysts,by Curtis M. Arnold*
2. *Stock Trading Wizard : Advanced Short-Term Trading Strategies for Swing and Day Trading, by Tony Oz*
3. *The Language of Money, by Edna Carew*

## 高手待變型（66 至 75 分）

某些交易的觀念你已很正確，但可能是運氣的關係令你一直未能獲利，或未能持續獲利，失敗的經驗曾讓你質疑炒賣成功的可能性，你需要保持正確的交易觀念，再繼續增進知識及反覆思量過去每次買賣的經過，只要糾正一些小錯誤，即使未能透過炒賣致富，要憑此維生的可能性也很大。建議可參考以下書籍：

1. *The New Money Masters, by John Train*
2. *The Best: TradingMarkets.com Conversations With Top Traders, by K Marder and M Dupee*
3. *The Psychology of Trading: Tools and Techniques for Minding the Markets, by Brett N. Steenbarger*

（作者課程資訊）

# Quants Training
# 課程內容介紹

**第一部分：成為程式交易專家**

- 學懂將程式（MultiCharts 14 及 AmiBroker 接駁至任何一間證券行，不再局限接駁至 IB。）
- 用 ChatGPT 寫 MultiCharts 及 AmiBroker 語言，學習程式變得更容易。
- 學懂利用 AmiBroker 及 MultiCharts 做 Back-Testing 及優化策略
- 教授將 MultiCharts 14 及 AmiBroker 連接富途牛牛進行 Auto Trade
- 教授 Trading View 連接富途牛牛自動交易股票及期指

**第二部分：學習獨家交易方法**

- 期指盤路分析技巧，運用「腿 1」、「腿 2」、「Adjusted Bid／Ask」捕捉即市獲利機會。（影片示範 https://youtu.be/ctF5HaBiXMk）
- 獨家美股「長短倉」Daytrade 策略：例如同時買入蔚來（NIO），沽空 Tesla （TSLA），比單邊炒期指更易穩定每月獲利。（長短倉原理影片講解 https://youtu.be/6qgyYLZnvfA）
- 獨家教授 Footprint Charts 即市交易應用，適合美股、美期、TQQQ、SQQQ 等（Footprint Charts 示範影片 https://youtu.be/n2umuIbIBjk）
- 美股即市盤路分析，透過觀察 Level 2 掛盤（階梯）找出即市獲利機會。（Level 2 掛盤基本教學影片 https://youtu.be/VeIxGqOSwgI）

# 我不是投資者

作者 ： 譚美利
出版 ： 博顯出版有限公司
電話 ： 2540 7894
傳真 ： 2540 1392
電子郵箱 ： literatehongkong@gmail.com

總經銷 ： 泛華發行代理有限公司
地址 ： 香港新界將軍澳工業邨駿昌街七號星島新聞集團大廈
電話 ： 2798 2220
傳真 ： 3181 3973
電子郵箱 ： gccd@singtaonewscorp.com
網址 ： http://www.gccd.com.hk

美術設計 ： P.T.T.W

國際書號 ： ISBN 978-988-79310-4-1
出版日期 ： 2024年5月

定價 ： 港幣108元
台幣460元

PUBLISHED & PRINTED IN HONG KONG